Ampliación del campo de batalla

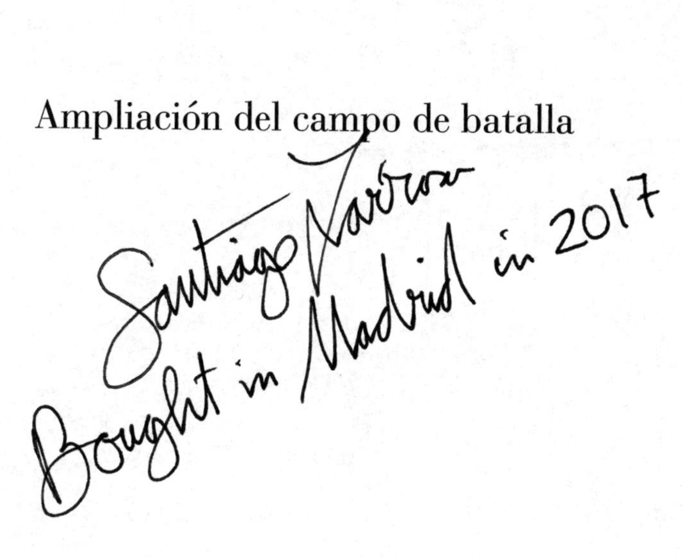

Michel Houellebecq

Ampliación del campo de batalla

Traducción de Encarna Castejón

EDITORIAL ANAGRAMA
BARCELONA

Título de la edición original:
Extension du domaine de la lutte

Ilustración: photo(s) © Edward Burtynsky, courtesy Nicholas Metivier Gallery, Toronto / Admira, Milano

Primera edición en «Panorama de narrativas»: enero 1999
Primera edición en «Compactos»: mayo 2001
Decimoséptima edición en «Compactos»: septiembre 2017

Diseño de la colección: Julio Vivas y Estudio A

ISBN: 978-84-339-6690-2
Depósito Legal: B. 38666-2011

Printed in Spain

Liberdúplex, S. L. U., ctra. BV 2249, km 7,4 - Polígono Torrentfondo
08791 Sant Llorenç d'Hortons

Primera parte

1

> Está entrada la noche, el día se acerca. Despojémonos pues de las obras de las tinieblas, y revistamos las armas de la luz.
>
> *Romanos,* XIII, 12

Me invitaron el viernes por la noche a una reunión en casa de un compañero de trabajo. Éramos por lo menos treinta, todos ejecutivos de nivel medio entre los veinticinco y los cuarenta años. En un momento dado, una imbécil empezó a quitarse la ropa. Se quitó la camiseta, luego el sujetador, luego la falda, poniendo todo el rato unas caras increíbles. Siguió girando en bragas durante unos segundos y luego empezó a vestirse otra vez, ya que no se le ocurría otra cosa. Por otro lado, es una chica que no se acuesta con nadie. Lo cual subraya lo absurdo de su comportamiento.

Después de mi cuarto vaso de vodka, empecé a sentirme bastante mal, y tuve que tumbarme sobre un montón de cojines detrás del sofá. Poco después, dos chicas se sentaron en ese mismo sofá. Dos chicas nada guapas, de hecho los dos adefesios de la sección. Se van juntas a comer y leen libros sobre el desarrollo del lenguaje en el niño, todo ese tipo de cosas.

Enseguida empezaron a comentar las novedades del día, a saber, que una chica de la sección había llegado al trabajo con una minifalda terriblemente mini, a ras de culo.

¿Y qué opinaban ellas? Les parecía muy bien. Sus siluetas se destacaban como sombras chinescas, extrañamente agrandadas, en la pared que había encima de mí. Me parecía que sus voces venían de muy arriba, un poco como el Espíritu Santo. Pero es que yo no me encontraba nada bien, está claro.

Siguieron ensartando tópicos durante quince minutos. Que tenía derecho a vestirse como quisiera, y que eso no tenía nada que ver con querer seducir a los tíos, y que era sólo para sentirse bien consigo misma, para gustarse, etc. Los últimos residuos, lamentables, de la caída del feminismo. En un momento dado llegué a pronunciar estas palabras en voz alta: «Los últimos residuos, lamentables, de la caída del feminismo.» Pero no me oyeron.

Yo también me había fijado en esa chica. Era difícil no verla. Hasta el jefe de sección tenía una erección.

Me dormí antes de que acabara la discusión, pero tuve un sueño penoso. Los dos cocos se habían cogido del brazo en el pasillo que cruza la sección, y levantaban la pierna en alto cantando a grito pelado:

> ¡Si me paseo con el culo en pompa
> no es para seducirlos!

¡Si enseño las piernas peludas
es para darme ese gusto!

La chica de la minifalda estaba en el vano de una puerta, pero esta vez llevaba un largo vestido negro, misterioso y sobrio. Tenía posado en el hombro un loro gigantesco, que representaba al jefe de sección. De vez en cuando le acariciaba las plumas del vientre, con mano negligente pero experta.

Al despertar, me di cuenta de que había vomitado en la moqueta. La reunión tocaba a su fin. Disimulé los vómitos bajo un montón de cojines y me levanté para intentar volver a casa. Entonces me di cuenta de que había perdido las llaves del coche.

2

RODEADO DE MARCELS

Al día siguiente era domingo. Volví al barrio, pero no encontré el coche. De hecho, ya no me acordaba de dónde lo había aparcado; todas las calles me parecían igual de posibles. La calle Marcel-Sembat, Marcel-Dassault..., mucho Marcel. Inmuebles rectangulares donde vivía gente. Violenta impresión de reconocimiento. Pero ¿dónde estaba mi coche?

Deambulando entre tanto Marcel, me invadió progresivamente cierto hastío con relación a los coches y a las cosas de este mundo. Desde que lo compré, el Peugeot 104 sólo me había dado quebraderos de cabeza: reparaciones múltiples y poco comprensibles, choques leves..., claro que los otros conductores fingen estar relajados, sacan el formulario con amabilidad, dicen: «OK, de acuerdo»; pero en el fondo te lanzan miradas llenas de odio; es muy desagradable.

Y además, pensándolo bien, yo iba al trabajo en metro; ya casi no salía los fines de semana, por falta de destino verosímil; en vacaciones optaba la mayoría de las veces por la fórmula de viaje organizado, y en alguna ocasión por la de club de vacaciones. «¿Para qué quiero este coche?», me repetía con impaciencia al enfilar la calle Émile-Landrin.

Sin embargo, fue al desembocar en la avenida Ferdinand-Buisson cuando se me ocurrió la idea de denunciar un robo. En estos tiempos roban muchos coches, sobre todo en el extrarradio; sería fácil que la compañía de seguros y mis compañeros de trabajo entendieran y aceptaran la historia. Porque ¿cómo iba a confesar que había perdido el coche? Enseguida me tomarían por gracioso, hasta por anormal o por gilipollas; era muy imprudente. No se admiten bromas sobre este tipo de temas; así se crea una reputación, se hacen y deshacen las amistades. Conozco la vida, estoy acostumbrado. Confesar que uno ha perdido el coche es casi excluirse del cuerpo social; decididamente, aleguemos un robo.

Más tarde, la soledad me llegó a resultar dolorosamente tangible. La mesa de la cocina estaba sembrada de hojas, ligeramente manchadas de restos de atún a la catalana Saupiquet. Eran notas relativas a una fábula de animales; la fábula de animales es un género literario como cualquier otro, quizás superior a muchos; sea como sea, yo escribo fábulas de animales. Ésta se llamaba *Diálogos de una vaca y una potranca*; podría calificarse de meditación ética; me la había inspirado una breve estancia profesional en la región de Léon. Lo que sigue es un extracto significativo:

«Consideremos en primer lugar a la vaca bretona: durante todo el año sólo piensa en pacer, su morro reluciente sube y baja con una impresionante regularidad, y ningún estremecimiento de angustia turba la patética mirada de sus ojos castaño claro. Todo esto parece de muy buena ley, todo esto parece incluso indicar una profunda unidad existencial, una identidad envidiable por más de un motivo entre su ser-en-el-mundo y su ser-en-sí. Pero ay, en este caso el filósofo se pillará los dedos y sus conclusiones, aunque basadas en una intuición justa y profunda, no serán válidas si antes no ha tomado la precaución de documentarse con un naturalista. En efecto, doble es la naturaleza de la vaca bretona. En ciertos períodos del año (especificados precisamente por el inexorable funcionamiento de la programación genética), dentro de su ser se produce una asombrosa revolución. Sus mugidos se acentúan, se prolongan, la misma textura armónica se modifica hasta recordar a veces de un modo pasmoso algunos quejidos que se les escapan a los hijos del hombre. Sus movimientos se vuelven más rápidos, más nerviosos, a veces la vaca emprende un trote corto. Hasta el morro, que no obstante parecía, en su lustrosa regularidad, concebido para reflejar la permanencia absoluta de una sabiduría mineral, se contrae y se retuerce bajo el doloroso efecto de un deseo ciertamente poderoso.

»La clave del enigma es muy simple, y es ésta: lo que desea la vaca bretona (manifestando así, hay que hacerle justicia en este aspecto, el único deseo de su vida) es, como dicen los ganaderos en su cínica jerga, "que la llenen". Así que la llenan, más o menos directamente; en efecto, la jeringa de la inseminación artificial puede, aunque al precio de ciertas complicaciones emocionales, sustituir en estas lides el pene del toro. En ambos casos la vaca se calma y regresa a su estado original de atenta meditación, con la excepción de que unos meses más tarde dará a luz un ternerito encantador. Cosa que para el ganadero es puro beneficio, dicho sea de paso.»

Naturalmente el ganadero simbolizaba a Dios. Movido por una simpatía irracional hacia la potranca, le prometía en el capítulo siguiente el eterno disfrute de numerosos sementales, mientras que la vaca, culpable del pecado de orgullo, sería condenada poco a poco a los tristes placeres de la fecundación artificial. Los patéticos mugidos del bóvido no eran capaces de ablandar la sentencia del Gran Arquitecto. Una delegación de ovejas, formada por solidaridad, corría la misma suerte. El Dios escenificado en esta breve fábula no era, como se ve, un Dios misericordioso.

3

La dificultad es que no basta exactamente con vivir según la norma. De hecho consigues (a veces por los pelos, por los mismos pelos, pero en conjunto lo consigues) vivir según la norma. Tus impuestos están al día. Las facturas, pagadas en su fecha. Nunca te mueves sin el carnet de identidad (¡y el bolsillito especial para la tarjeta VISA!...).

Sin embargo, no tienes amigos.

La norma es compleja, multiforme. Aparte de las horas de trabajo hay que hacer las compras, sacar dinero de los cajeros automáticos (donde tienes que esperar muy a menudo). Además, están los diferentes papeles que hay que hacer llegar a los organismos que rigen los diferentes aspectos de tu vida. Y encima puedes ponerte enfermo, lo cual conlleva gastos y nuevas formalidades.

No obstante, queda tiempo libre. ¿Qué hacer? ¿Cómo emplearlo? ¿Dedicarse a servir al prójimo?

Pero, en el fondo, el prójimo apenas te interesa. ¿Escuchar discos? Era una solución, pero con el paso de los años tienes que aceptar que la música te emociona cada vez menos.

El bricolaje, en su más amplio sentido, puede ser una solución. Pero en realidad no hay nada que impida el regreso, cada vez más frecuente, de esos momentos en que tu absoluta soledad, la sensación de vacuidad universal, el presentimiento de que tu vida se acerca a un desastre doloroso y definitivo, se conjugan para hundirte en un estado de verdadero sufrimiento.

Y, sin embargo, todavía no tienes ganas de morir.

Has tenido una vida. Ha habido momentos en que tenías una vida. Cierto, ya no te acuerdas muy bien; pero hay fotografías que lo atestiguan. Probablemente era en la época de tu adolescencia, o poco después. ¡Qué ganas de vivir tenías entonces! La existencia te parecía llena de posibilidades inéditas. Podías convertirte en cantante de variedades; o irte a Venezuela.

Más sorprendente aún es que has tenido una infancia. Mira a un niño de siete años que juega con sus soldaditos en la alfombra del salón. Te pido que lo mires con atención. Desde el divorcio, ya no tiene padre. Ve bastante poco a su madre, que ocupa un puesto importante en una firma de cosméticos. Sin embargo juega a los soldaditos, y parece que se toma esas representaciones del mundo y de la guerra con vivo interés. Ya le falta un poco de afecto, no hay duda; ¡pero cuánto parece interesarle el mundo!

A ti también te interesó el mundo. Fue hace mucho tiempo; te pido que lo recuerdes. El campo de la norma ya no te bastaba; no podías seguir viviendo en el campo de la norma; por eso tuviste que entrar en el campo de batalla. Te pido que te remontes a ese preciso momento. Fue hace mucho tiempo, ¿no? Acuérdate: el agua estaba fría.

Ahora estás lejos de la orilla: ¡ah, sí, qué lejos estás de la orilla! Durante mucho tiempo has creído en la existencia de otra orilla; ya no. Sin embargo sigues nadando, y con cada movimiento estás más cerca de ahogarte. Te asfixias, te arden los pulmones. El agua te parece cada vez más fría, y sobre todo cada vez más amarga. Ya no eres tan joven. Ahora vas a morir. No pasa nada. Estoy ahí. No voy a abandonarte. Sigue leyendo.

Vuelve a acordarte, una vez más, de tu entrada en el campo de batalla.

Las páginas que siguen constituyen una novela; es decir, una sucesión de anécdotas de las que yo soy el héroe. Esta elección autobiográfica no lo es en realidad: sea como sea, no tengo otra salida. Si no escribo lo que he visto sufriría igual; y quizás un poco más. Un poco solamente, insisto en esto. La escritura no alivia apenas. Describe, delimita. Introduce una sombra de coherencia, una idea de realismo. Uno sigue chapoteando en una niebla sangrienta, pero hay algunos puntos de referencia. El caos se queda a unos pocos metros. Pobre éxito, en realidad.

¡Qué contraste con el poder absoluto, milagroso, de la lectura! Una vida entera leyendo habría colmado todos mis deseos; lo sabía ya a los siete años. La textura del mundo es dolorosa, inadecuada; no me parece modificable. De verdad, creo que toda una vida leyendo me habría sentado mejor.

No me ha sido concedida una vida semejante.

Acabo de cumplir treinta años. Tras un comienzo caótico, me las arreglé bastante bien con mis estudios; actualmente soy ejecutivo. Analista programador en una empresa de servicios informáticos, mi salario neto supera 2,5 veces el salario medio interprofesional; eso ya implica un bonito poder adquisitivo. Puedo esperar un progreso significativo en el seno mismo de mi empresa; a menos que decida, como otros muchos, irme con un cliente. En resumen, puedo considerarme satisfecho con mi estatus social. En el plano sexual, por el contrario, el éxito no es tan deslumbrante. He tenido varias mujeres, pero durante períodos limitados. Desprovisto tanto de belleza como de encanto personal, sujeto a frecuentes ataques depresivos, no respondo en modo alguno a lo que las mujeres buscan de forma prioritaria. Por eso siempre he sentido, con las mujeres que me abrían sus órganos, una especie de leve reticencia; en el fondo yo apenas representaba para ellas otra cosa que un remedio *para salir del paso*. Lo cual no es, como reconocerá cualquiera, el punto de partida ideal para una relación duradera.

De hecho, desde que me separé de Véronique hace dos años, no he conocido a ninguna mujer; las débiles e inconsistentes tentativas que he hecho en este sentido sólo han conducido a un fracaso previsible. Dos años; parece mucho tiempo. Pero en realidad, sobre todo cuando uno trabaja, pasan muy deprisa. Todo el mundo te lo confirmará: pasan muy deprisa.

A lo mejor resulta, simpático amigo lector, que eres una mujer. No te preocupes, son cosas que pasan. Además, eso no modifica en absoluto lo que tengo que decirte. Voy a ir a por todas.

Mi propósito no es hechizarte con sutiles observaciones psicológicas. No ambiciono arrancarte aplausos con mi sutileza y mi sentido del humor. Hay autores que ponen su talento al servicio de la delicada descripción de distintos estados de ánimo, rasgos de carácter, etc. Que no me cuenten entre ellos. Toda esa acumulación de detalles realistas, que supuestamente esboza personajes netamente diferenciados, siempre me ha parecido, perdón por decirlo, una pura chorrada. Daniel, que es amigo de Hervé pero que siente algunas reticencias respecto a Gérard. El fantasma de Paul, que se encarna en Virginie, el viaje a Venecia de mi prima..., así nos podríamos pasar horas. Lo mismo podríamos observar a los cangrejos que se pisotean dentro de un tarro (para eso basta con ir a una marisquería). Por otra parte, frecuento poco a los seres humanos.

Al contrario, para alcanzar el objetivo que me propongo, mucho más filosófico, tengo que podar. Simplificar. Destruir, uno por uno, multitud de detalles. Además, me ayudará el simple juego del movimiento histórico. El mundo se uniformiza ante nuestros ojos; los medios de comunicación progresan; el interior de los apartamentos se enriquece con nuevos equipamientos. Las relaciones humanas se vuelven progresivamente imposibles, lo cual reduce otro tanto la cantidad de anécdotas de las que se compone una vida. Y poco a poco aparece el rostro de la muerte, en todo su esplendor. Se anuncia el tercer milenio.

4

BERNARD, OH BERNARD

El lunes siguiente, cuando volví al trabajo, me enteré de que mi empresa acababa de venderle un programa al Ministerio de Agricultura, y que me habían elegido para encargarme de la formación. Esto me lo anunció Henry La Brette (le importa mucho la *y*, igual que la separación en dos palabras). Con treinta años, como yo, Henry La Brette es mi superior jerárquico directo; en general, nuestras relaciones están impregnadas de una sorda hostilidad. Me indicó de entrada, como si contrariarme fuese una satisfacción personal para él, que este contrato implicaría muchos desplazamientos: a Ruen, a La Roche-sur-Yon y no sé dónde más. Los desplazamientos siempre han sido para mí una pesadilla; Henry La Brette lo sabe. Podía haber contestado: «Entonces dimito»; pero no lo hice.

Mucho antes de que la palabra se pusiera de moda, mi empresa desarrolló una auténtica *cultura de empresa* (creación de un logo, distribución de camisetas a los empleados, seminarios de motivación en Turquía). Es una empresa de alto rendimiento, con una reputación envidiable en el sector; desde todos los puntos de vista, una *buena casa*. No puedo dimitir por una cabezonada, es fácil de entender.

Son las diez de la mañana. Estoy sentado en un despacho blanco y tranquilo, delante de un tipo algo más joven que yo, que acaba de incorporarse a la empresa. Creo que se llama Bernard. Su mediocridad pone a prueba los nervios. No para de hablar de dinero y de inversiones: las carteras de valores, las obligaciones francesas, los planes de ahorro-vivienda..., no se le escapa nada. Cuenta con una tasa de aumento salarial ligeramente superior a la inflación. Me cansa un poco; no consigo contestarle en serio. Se le mueve el bigote.

Cuando sale del despacho, vuelve el silencio. Trabajamos en un barrio completamente devastado, que recuerda vagamente la superficie lunar. Está por el distrito trece. Si uno llega en autobús, podría creer que la Tercera Guerra Mundial acaba de terminar. Pero no, es sólo un plan de urbanismo.

Nuestras ventanas dan a un terreno indistinto que llega prácticamente hasta el horizonte, cenagoso, erizado de empalizadas. Algunos esqueletos de edificios. Grúas inmóviles. La atmósfera es tranquila y fría.

Vuelve Bernard. Para alegrar el ambiente, le cuento que en mi edificio huele mal. Me he dado cuenta de que, en general, a la gente le gustan esas historias de malos olores; y es verdad que esta mañana, al bajar la escalera, he notado un olor pestilente. ¿Qué hace la mujer de la limpieza, normalmente tan activa?

Él dice: «Será una rata muerta en algún sitio.» La perspectiva, no se sabe por qué, parece divertirle. Se le mueve ligeramente el bigote.

Pobre Bernard, en cierto sentido. ¿Qué puede hacer con su vida? ¿Comprar discos láser en la FNAC? Un tipo como él debería tener hijos; si tuviera hijos, uno podría esperar que acabara saliendo algo de ese hormigueo de pequeños Bernards. Pero no, ni siquiera está casado. Fruto seco.

En el fondo no es como para compadecer tanto a este buen Bernard, a este querido Bernard. Incluso creo que es feliz; en la medida que le corresponde, claro; en su medida de Bernard.

En nuestro oficio de ingeniería informática, el aspecto más fascinante es, sin duda, el contacto con los clientes; por lo menos eso es lo que les gusta subrayar a los responsables de la empresa, con un vasito de licor de higo en la mano (escuché varias veces sus conversaciones de piscina durante el último seminario en la villa-club de Kusadasi).

Por mi parte, siempre me enfrento con cierta aprensión al primer contacto con un nuevo cliente; hay que acostumbrarse a frecuentar diferentes seres humanos, organizados en una estructura dada; penosa perspectiva. Claro, la experiencia me ha enseñado rápidamente que estoy destinado a conocer personas, si no exactamente idénticas, al menos muy parecidas en su modo de vestir, opiniones, gustos y manera general de abordar la vida. Teóricamente, por lo tanto, no hay nada que temer, sobre todo porque el carácter profesional del encuentro garantiza, en principio, su inocuidad. A pesar de eso, también he tenido ocasión de darme cuenta de que los seres humanos se empeñan a menudo en distinguirse mediante sutiles y desagradables variaciones, defectos, rasgos de carácter y todo eso; sin duda con el objetivo de obligar a sus interlocutores a tratarlos como individuos de pleno derecho. Así que a uno le gusta el tenis, al otro le encanta la equitación, resulta que un tercero practica el golf. Algunos altos ejecutivos se vuelven locos por los filetes de arenque; otros los odian. Tantas posibles trayectorias como destinos. Si bien el marco general de un «primer contacto con el cliente» está perfectamente delimitado, sigue habiendo siempre, ay, un margen de incertidumbre.

Cuando me presenté en el despacho 6017, Catherine Lechardoy no estaba. Me informaron de que la había retrasado «una puesta a punto en la sede central». Me invitaron a sentarme para esperarla, cosa que hice. La conversación giraba en torno a un atentado que había ocurrido la víspera en los Champs-Élysées. Habían puesto una bomba debajo de una silla en un café. Dos personas habían muerto. Una tercera tenía las piernas seccionadas y medio rostro destrozado; se quedaría mutilada y ciega. Me enteré de que no era el primer atentado; unos días antes había explotado una bomba en una oficina de correos cerca del ayuntamiento, despedazando a una mujer de unos cincuenta años. Me enteré también de que esas bombas las habían puesto terroristas árabes que reclamaban la liberación de otros terroristas árabes, detenidos en Francia por diversos asesinatos.

A eso de las cinco tuve que ir a la comisaría, para denunciar el robo de mi coche. Catherine Lechardoy no había vuelto, y yo casi no había tomado parte en la conversación. La toma de contacto tendrá lugar otro día, supongo.

El inspector que escribió la denuncia era más o menos de mi edad. Era, obviamente, de Provenza, y llevaba una alianza. Me pregunté si su mujer, sus posibles hijos y él mismo eran felices en París. ¿La mujer empleada en Correos, los hijos en la guardería? Imposible saberlo.

Como era de esperar, él estaba un poco amargado y desengañado: «Los robos... hay uno detrás de otro todo el día... ninguna posibilidad... de todos modos los abandonan enseguida...» Yo asentía con simpatía a medida que él pronunciaba estas palabras sencillas y verdaderas, sacadas de su experiencia cotidiana; pero no podía hacer nada para aliviar su carga.

Al final, sin embargo, me pareció que su amargura se teñía de una tonalidad ligeramente positiva: «¡Bueno, hasta la vista! ¡Puede que encontremos su coche! ¡A veces pasa!...» Creo que quería decir algo más; pero no había nada más que decir.

6

LA SEGUNDA OPORTUNIDAD

Al día siguiente, por la mañana, me entero de que he cometido un error. Tendría que haber insistido en ver a Catherine Lechardoy; marcharme sin dar explicaciones fue mal visto en el Ministerio de Agricultura.

También me entero –y es una sorpresa– de que mi trabajo en el contrato anterior no ha sido enteramente satisfactorio. Me lo habían ocultado hasta ahora, pero yo no había gustado. Este contrato con el Ministerio de Agricultura es, en cierto modo, una segunda oportunidad que me ofrecen. Mi jefe de sección adopta un aire tenso, muy de folletín norteamericano, para decirme: «Ya sabe que estamos al servicio del cliente. En nuestra profesión es raro que nos den una segunda oportunidad...»

Lamento disgustar a este hombre. Es muy bien parecido. Un rostro sensual y viril a la vez, pelo gris cortado a cepillo. Camisa blanca de un tejido impecable, muy fino, que deja trasparentar unos poderosos y bronceados pectorales. Corbata club. Movimientos naturales y firmes, indicadores de una perfecta condición física.

La única excusa que se me ocurre –y me parece muy poco convincente– es que acaban de robarme el coche. Me valgo de un principio de alteración psicológica contra el que me comprometo de inmediato a luchar. Entonces, algo cambia en mi jefe de sección; evidentemente, el robo de mi coche le indigna. No lo sabía; no podía adivinarlo; ahora lo entiende mejor. Y cuando me despide, de pie junto a la puerta de su despacho, con los pies bien plantados en la gruesa moqueta gris perla, me desea con emoción que «aguante».

7

CATHERINE, PEQUEÑA CATHERINE

Good times are coming
I hear it everywhere I go
Good times are coming
But they're sure coming slow.

NEIL YOUNG

La recepcionista del Ministerio de Agricultura sigue llevando una minifalda de cuero; pero esta vez no la necesito para dar con el despacho 6017.

Desde el principio, Catherine Lechardoy confirma todas mis aprensiones. Tiene veinticinco años, un máster en informática, los dientes delanteros estropeados; una agresividad sorprendente: «¡Esperemos que su programa funcione! Si es como el último que les compramos... una verdadera porquería. Pero, evidentemente, no soy yo quien decide lo que se compra. Yo soy chica para todo, estoy aquí para arreglar las tonterías de los demás...», etc.

Le explico que tampoco soy yo quien decide lo que se vende. Ni lo que se fabrica. De hecho, no decido nada de nada. Ninguno de los dos decidimos lo más mínimo. Sólo he venido para ayudarla, darle ejemplares del manual de utilización, intentar poner a punto con ella un programa de formación... Pero nada de esto la calma. Su rabia es intensa, su rabia es profunda. Ahora habla de metodología. Según ella, todo el mundo debería obedecer a una metodología rigurosa basada en la programación estructurada; y en lugar de eso viva la anarquía, los programas se escriben de cualquier manera, cada cual hace lo que le da la gana en su rincón sin preocuparse de los demás, no hay acuerdo, no hay proyecto general, no hay armonía, París es una ciudad atroz, la gente no se reúne, ni siquiera se interesan por el trabajo, todo es superficial, todo el mundo se va a casa a las seis haya terminado o no lo que tenía que hacer, a todo el mundo le importa todo tres leches.

Me propone que vayamos a tomar un café. Evidentemente, acepto. Es de máquina. No tengo monedas, ella me da dos francos. El café está asqueroso, pero eso no le corta el aliento. En París uno puede reventar en plena calle, a todo el mundo le da igual. En su tierra, en el Béarn, no pasa eso. Todos los fines de semana vuelve a su casa, en el Béarn. Y por la noche sigue unos cursos en la Escuela de Formación Continua, para mejorar su situación. En tres años podría conseguir el título de ingeniero.

Ingeniero. Yo soy ingeniero. Tengo que decir algo. Con voz ligeramente ronca, pregunto:

–¿Cursos de qué?

–Cursos de control de gestión, de análisis factorial, de algoritmos, de contabilidad financiera.

–Debe de ser mucho trabajo –observo con un tono un poco vago.

Sí, es mucho trabajo, pero a ella no le da miedo el trabajo. Se queda a menudo hasta medianoche en su estudio, para hacer los deberes. De todas formas, en la vida hay que luchar para conseguir algo, siempre lo ha creído.

Subimos la escalera hacia su despacho. «Bueno, lucha, pequeña Catherine...», me digo con melancolía. La verdad es que no es nada bonita. Además de los dientes estropeados tiene el pelo sin brillo y unos ojos menudos que chispean de rabia. Ni pecho ni nalgas perceptibles. La verdad es que Dios no ha sido muy amable con ella.

Creo que nos vamos a entender muy bien. Ella parece decidida a organizarlo todo, a dirigirlo todo, y yo sólo voy tener que desplazarme y dar las clases. Eso me viene al pelo; no tengo ningunas ganas de contradecirla. No creo que vaya a enamorarse de mí; tengo la impresión de que ni le pasa por la cabeza intentar algo con un tío.

A eso de las once, un nuevo personaje irrumpe en el despacho. Se llama Patrick Leroy y, aparentemente, comparte el despacho con Catherine. Camisa hawaiana, vaqueros pegados al culo y un manojo de llaves colgando de la cintura que hace ruido cuando anda. Está un poco molido, nos dice. Ha pasado la noche en un club de jazz con un colega, han conseguido «levantarse a dos tías». En fin, que está contento.

Se pasa el resto de la mañana hablando por teléfono. Habla muy alto.

Durante la tercera llamada telefónica, aborda un asunto en sí bastante triste: una amiga suya y de la chica a la que llama se ha matado en un accidente de tráfico. Circunstancia agravante, el coche lo conducía un tercer colega, a quien él llama «el Fred». Y el Fred ha salido ileso.

Todo esto, en teoría, es más bien deprimente, pero él consigue evitar este aspecto del asunto gracias a una especie de vulgaridad cínica, los pies sobre la mesa y el lenguaje enrollado: «Era supersimpática, Nathalie..., un verdadero cañón, además. Todo es una mierda, oye... ¿Tú has ido al entierro? A mí me dan un poco de miedo los entierros. Y para lo que sirven... Mira, me decía, a lo mejor para los viejos, si acaso. ¿Ha ido el Fred? Pero qué morro tiene el muy cabrón.»

Siento un alivio enorme cuando llega la hora de la comida.

Por la tarde tenía que ver al jefe de sección de Estudios Informáticos. La verdad es que no sé por qué. Yo, en todo caso, no tenía nada que decirle.

Esperé durante hora y media en un despacho vacío, un poco oscuro. La verdad es que no tenía ganas de encender la luz, en parte por miedo a delatar mi presencia.

Antes de instalarme en ese despacho, me habían entregado un voluminoso informe titulado «Esquema directriz del plan informático del Ministerio de

Agricultura». Tampoco veo por qué. Este documento no me concernía en lo más mínimo. El tema era, si doy crédito a la introducción, un «*ensayo de predefinición de diferentes argumentos arquetípicos, concebidos en una gestión meta-objetivo*». Los objetivos en sí mismos, «*susceptibles de un análisis más ajustado en términos de adecuabilidad*» eran, por ejemplo, la orientación de la política de ayudas a los agricultores, el desarrollo de un sector para-agrícola más competitivo a nivel europeo, el enderezamiento de la balanza comercial en el ámbito de los productos frescos... Hojeé rápidamente el informe, subrayando con lápiz las frases más divertidas. Por ejemplo: «*El nivel estratégico consiste en la construcción de un sistema de información global formado por la integración de subsistemas heterogéneos repartidos.*» O bien: «*Parece urgente validar un modelo relacional canónico en una dinámica organizativa con posibilidad de desembocar a medio plazo en una* database *orientada al objeto.*» Finalmente, una secretaria vino a avisarme de que la reunión se estaba prolongando, y que desafortunadamente a su jefe le iba a resultar imposible recibirme ese día.

Así que volví a mi casa. ¡Y a mí qué, mientras me paguen!

En la estación de Sèvres-Babylone vi una extraña pintada: «Dios quiso desigualdades, no injusticias», decía la inscripción. Me pregunté quién sería esa persona tan bien informada de los designios de Dios.

8

Por lo general no veo a nadie los fines de semana. Me quedo en casa, ordeno un poco; me deprimo amablemente.

Sin embargo este sábado, entre las ocho y las once de la noche, tiene lugar un momento social. Voy a cenar con un amigo sacerdote a un restaurante mexicano. El restaurante es bueno; por ese lado no hay ningún problema. Pero mi amigo ¿sigue siendo mi amigo?

Estudiamos juntos; teníamos veinte años. Gente muy joven. Ahora tenemos treinta. Cuando consiguió el título de ingeniero, él se metió en el seminario; se desvió del camino. Ahora es cura en Vitry. No es una parroquia fácil.

Me como una torta de frijoles, y Jean-Pierre Buvet me habla de sexualidad. Según él, el interés que nuestra sociedad finge experimentar por el erotismo (a través de la publicidad, las revistas, los medios de comunicación en general) es totalmente ficticio. A la mayoría de la gente, en realidad, le aburre enseguida el tema; pero fingen lo contrario a causa de una estrafalaria hipocresía al revés.

Llega al centro de su tesis. Nuestra civilización, dice, padece un agotamiento vital. En el siglo de Luis XIV, cuando el apetito por la vida era grande, la cultura oficial enfatizaba la negación de los placeres y de la carne; recordaba con insistencia que la vida mundana sólo ofrece satisfacciones imperfectas, que la única fuente verdadera de felicidad está en Dios. Un discurso así, afirma, no se podría tolerar ahora. Necesitamos la aventura y el erotismo, porque necesitamos oírnos repetir que la vida es maravillosa y excitante; y está claro que sobre esto tenemos ciertas dudas.

Tengo la impresión de que me considera un símbolo pertinente de ese agotamiento vital. Nada de sexualidad, nada de ambición; en realidad, nada de distracciones tampoco. No sé qué contestarle; tengo la impresión de que todo el mundo es un poco así. Me considero un tipo normal. Bueno, puede que no exactamente, pero ¿quién lo es exactamente? Digamos que soy normal al 80 %.

Por decir algo, observo que en nuestros días todo el mundo tiene forzosamente la impresión, en un momento u otro de su vida, de ser un fracasado. Ahí estamos de acuerdo.

La conversación se estanca. Picoteo los fideos caramelizados. Me aconseja que encuentre a Dios, o que inicie un psicoanálisis; me sobresalta la comparación. Se interesa por mi caso, lo desarrolla; parece pensar que voy por mal camino. Estoy solo, demasiado solo; según él, no es natural.

Tomamos una copa; él enseña sus cartas. En su opinión, Jesús es la solución; la fuente de vida. De una vida rica y plena. «¡Tienes que aceptar tu naturaleza divina!», exclama; los de la mesa de al lado vuelven la cabeza. Estoy un poco cansado; tengo la impresión de que llegamos a un callejón sin salida. Por si acaso, sonrío. No tengo muchos amigos, no me apetece perder a éste. «Tienes que aceptar tu naturaleza divina...», repite él, en voz más baja. Le prometo que haré un esfuerzo. Añado algunas frases, intento restablecer algún tipo de acuerdo.

Después un café, y cada cual a su casa. Finalmente, la velada ha estado bien.

9

Ahora hay seis personas reunidas en torno a una mesa oval bastante bonita, probablemente de imitación caoba. Las cortinas, verde oscuro, están corridas; se diría que estamos en un saloncito. De repente, presiento que la reunión va a durar toda la mañana.

El primer representante del Ministerio de Agricultura tiene los ojos azules. Es joven, lleva gafas pequeñas y redondas, aún debía de ser estudiante hace muy poco. A pesar de su juventud, produce una notable impresión de seriedad. Toma notas durante toda la mañana, a veces en los momentos más inesperados. Es, obviamente, un director, o al menos un futuro director.

El segundo representante del Ministerio es un hombre de mediana edad, con sotabarba, como los severos preceptores de *El Club de los Cinco*. Parece tener gran ascendiente sobre Catherine Lechardoy, que está sentada a su lado. Es un teórico. Todas sus intervenciones son otras tantas llamadas al orden sobre la importancia de la metodología y, más en general, de una reflexión previa a la acción. En este caso no veo la necesidad: ya han comprado el programa, no tiene que pensárselo, pero me abstengo de decirle algo. He notado de inmediato que no le gusto. ¿Cómo ganármelo? Decido apoyar sus intervenciones repetidas veces durante la sesión con una cara de admiración un poco idiota, como si acabara de revelarme de súbito asombrosas perspectivas llenas de alcance y sensatez. Lo más normal sería que concluyese que soy un chico lleno de buena voluntad, dispuesto a marchar a sus órdenes en la justa dirección.

El tercer representante del Ministerio es Catherine Lechardoy. La pobre tiene un aire un poco triste esta mañana; toda la combatividad de la última vez parece haberla abandonado. Su carita fea está enfurruñada, se limpia las gafas a cada rato. Llego a preguntarme si no habrá llorado; la imagino muy bien estallando en sollozos mientras se viste por la mañana, sola.

El cuarto representante del Ministerio es una especie de caricatura del socialista agrícola: lleva botas y parka, como si volviera de una expedición sobre el terreno; tiene una poblada barba y fuma en pipa; no me gustaría ser su hijo. Ha puesto delante de él, bien visible sobre la mesa, un libro titulado *La quesería ante las nuevas técnicas.* No logro entender qué hace aquí, es obvio que no sabe nada del tema que se está tratando; quizás es un representante de las bases. Sea como fuere, parece haberse fijado como objetivo cargar la atmósfera y provocar un conflicto mediante observaciones repetitivas sobre «la inutilidad de estas reuniones que nunca conducen a nada» o «esos programas elegidos en un despacho del Ministerio que nunca corresponden a las necesidades reales de los chavales que están sobre el terreno».

Frente a él hay un tipo de mi empresa que contesta incansablemente a sus objeciones –en mi opinión con bastante torpeza– fingiendo creer que el otro exagera a propósito, incluso que se trata de una simple broma. Es uno de mis superiores jerárquicos; creo que se llama Norbert Lejailly. Yo no sabía que iba a asistir, y no puedo decir que su presencia me vuelva loco de alegría. Este hombre tiene la cara y el comportamiento de un cerdo. Aprovecha la menor ocasión para estallar en una risa larga y grasa. Cuando no se ríe, se frota lentamente las manos. Está gordo, incluso obeso, y por regla general su autosatisfacción, que no parece apoyarse en nada sólido, me resulta insoportable. Pero esta mañana me siento muy bien, y hasta me río con él un par de veces, haciéndome eco de sus justas palabras.

En el transcurso de la mañana, un séptimo personaje viene de manera episódica a alegrar el areópago. Se trata del jefe de sección de Estudios Informáticos del Ministerio de Agricultura, el mismo al que no conseguí ver el otro día. El hombre parece creer que su misión es encarnar con exageración desmedida al patrón joven y dinámico. En este ámbito, bate por mucho la marca de todo lo que he visto antes. Lleva la camisa desabrochada, como si no hubiera tenido tiempo de abotonársela, y la corbata ladeada, como si la doblara el viento de la carrera. Además no anda por los pasillos; patina. Si pudiera volar, lo haría. Tiene el rostro reluciente, el pelo en desorden y húmedo, como si acabara de salir de la piscina.

La primera vez que entra nos ve a mí y a mi jefe; como un relámpago está junto a nosotros, sin que yo comprenda cómo; ha debido de cruzar diez metros en menos de cinco segundos; en cualquier caso, no he podido seguir su desplazamiento.

Apoya la mano en mi hombro y me habla en voz baja, diciéndome cuánto lamenta haberme hecho esperar para nada el otro día; yo le dedico una sonrisa de madonna, le digo que no tiene importancia, que lo entiendo muy bien y que sé que el encuentro tendrá lugar más pronto o más tarde. Soy sincero. Es un momento muy tierno; él está inclinado hacia mí, sólo hacia mí; se diría que somos dos amantes a los que la vida acaba de reunir tras una larga ausencia.

Durante la mañana aparece más veces, pero en cada ocasión se queda en el umbral de la puerta y le habla únicamente al tipo joven con gafas. En cada ocasión empieza por disculparse por molestarnos, con una sonrisa encantadora; está de pie en el umbral, agarrado a la puerta, en equilibrio sobre una pierna, como si la tensión interna que lo anima le prohibiera la inmovilidad prolongada cuando está de pie.

De la reunión misma guardo pocos recuerdos; de todas formas no se decidió nada concreto salvo en el último cuarto de hora, muy deprisa, justo antes de almorzar, cuando se ultimó un calendario de formación en provincias. Esto me concierne directamente, puesto que soy yo el que tiene que desplazarse; así que tomo nota a vuelapluma de las fechas y los lugares en un papel que voy a perder esa misma tarde.

Al día siguiente, en el transcurso de un *briefing* con el teórico, me vuelven a explicar todo el asunto. Así me entero de que el Ministerio (es decir, él, si lo he entendido bien) ha puesto a punto un sofisticado sistema de formación a tres niveles. Se trata de responder lo mejor posible a las necesidades de los usuarios a través de un ajuste de formaciones complementarias, pero orgánicamente independientes. Todo esto lleva, evidentemente, la huella de una sutil inteligencia.

En concreto, voy a dar comienzo a un periplo que me conducirá primero a Rouen durante dos semanas, después estaré una semana en Dijon, y al final cuatro días en La Roche-sur-Yon. Me iré el uno de diciembre y volveré por Navidad, para poder «pasar las fiestas en familia». Así que no han olvidado el lado humano. Es fantástico.

También me entero –y es una sorpresa– de que no estaré solo en estos cursos de formación. Mi empresa, en efecto, ha decidido enviar a dos personas.

Vamos a funcionar en tándem. Durante veinticinco minutos, en un angustioso silencio, el teórico detalla las ventajas y los inconvenientes de la formación en tándem. Al final, *in extremis,* parece que predominan las ventajas.

Ignoro por completo la identidad de la persona que, supuestamente, va a acompañarme. Es probable que sea alguien que conozco. En cualquier caso, a nadie le ha parecido pertinente advertirme.

Sacando partido con habilidad de una observación que acaba de hacer, el teórico dice que es una pena que esa segunda persona (cuya identidad seguirá siendo un misterio hasta el final) no esté presente, y que a nadie se le haya ocurrido convocarla. Siguiendo su argumento, llega a sugerir de un modo implícito que, en tales condiciones, mi propia presencia también es inútil, o al menos tiene una utilidad restringida. Yo pienso lo mismo.

10

LOS GRADOS DE LIBERTAD SEGÚN J.-Y. FRÉHAUT

Después de esto, vuelvo a la sede de mi empresa. Me reciben bien; se ve que he conseguido restablecer mi posición.

Mi jefe de sección me llama aparte; me revela la importancia de este contrato. Sabe que soy un chico sólido. Me dice unas palabras, con amargo realismo, sobre el robo de mi coche. Es una especie de conversación entre hombres, cerca de la máquina de bebidas calientes. Veo en él a un gran profesional de la gestión de recursos humanos; interiormente, me derrito. Me parece cada vez más guapo.

Entrada la tarde, voy a la copa de despedida de Jean-Yves Fréhaut. Un valioso elemento se marcha de la empresa, subraya el jefe de sección; un técnico de gran mérito. Sin duda, en su futura carrera, tendrá éxitos equivalentes, al menos, a los que han marcado la precedente; ése es todo el mal que le desea. ¡Y que pase por aquí cuando quiera, a beber el vaso de la amistad! El primer empleo, concluye en tono festivo, es algo que no se olvida fácilmente; un poco como el primer amor. En ese instante me pregunto si no habrá bebido un poco de más.

Breves aplausos. En torno a J.-Y. Fréhaut se dibujan algunos movimientos; él gira lentamente sobre sí mismo, con aire satisfecho. Conozco un poco a este chico; entramos en la empresa al mismo tiempo, hace tres años; compartíamos el mismo despacho. Una vez hablamos de la civilización. Él decía –y en cierto sentido lo creía de verdad– que el aumento del flujo de información en el seno de la sociedad era, en sí, algo bueno. Que la libertad no era otra cosa que la posibilidad de establecer interconexiones variadas entre individuos, proyectos, organismos, servicios. Según él, la libertad máxima coincidía con el máximo número de elecciones posibles. En una metáfora que había tomado prestada a la mecánica de los sólidos, llamaba a estas elecciones grados de libertad.

Recuerdo que estábamos sentados cerca de la unidad central. El aire acondicionado emitía un ligero zumbido. Él comparaba en cierto modo la sociedad a un cerebro, y los individuos a otras tantas células cerebrales, para las que resulta deseable establecer un máximo de interconexiones. Pero ahí terminaba la analogía. Porque era un liberal, y no muy partidario de lo que en el cerebro es tan necesario: un proyecto de unificación.

Su propia vida, como supe después, era extremadamente funcional. Vivía en un estudio en el distrito quince. La calefacción estaba incluida en el alquiler. Casi no iba por allí más que a dormir, porque de hecho trabajaba mucho –y a menudo, fuera de las horas de trabajo, leía *Micro-Systèmes*–. Los famosos grados de libertad se resumían, en su caso, en elegir la cena a través del Minitel (estaba abonado a este servicio, nuevo en aquella época, que garantizaba una entrega de platos calientes a una hora extremadamente precisa, y en un plazo de tiempo relativamente breve).

Me gustaba verlo componer el menú por la noche, utilizando el Minitel que tenía en el lado izquierdo de la mesa. Yo le tomaba el pelo sobre las mensajerías rosa; pero en realidad estoy convencido de que era virgen.

En cierto sentido, era feliz. Se consideraba, con pleno derecho, actor de la revolución telemática. Sentía realmente cada avance del poder informático, cada nuevo paso hacia la mundialización de la red, como una victoria personal. Votaba socialista. Y, curiosamente, adoraba a Gauguin.

11

No volvería a ver a Jean-Yves Fréhaut, y, además, ¿por qué debería volver a verlo? En el fondo, no habíamos *simpatizado* de verdad. De todas maneras, en esta época uno *se vuelve a ver* poco, incluso cuando la relación arranca con entusiasmo. A veces hay conversaciones anhelantes sobre aspectos generales de la vida; a veces también hay abrazo carnal. Desde luego, uno intercambia números de teléfono, pero en general se acuerda poco del otro. E incluso cuando uno se acuerda y los dos se vuelven a ver, la desilusión y el desencanto sustituyen rápidamente el entusiasmo inicial. Créeme, conozco la vida; todo eso está completamente bloqueado.

Esta progresiva desaparición de las relaciones humanas plantea ciertos problemas a la novela. ¿Cómo acometer la narración de esas pasiones fogosas, que duran varios años, cuyos efectos se dejan sentir a veces en varias generaciones? Estamos lejos de *Cumbres borrascosas*, es lo menos que puede decirse. La forma novelesca no está concebida para retratar la indiferencia, ni la nada; habría que inventar una articulación más anodina, más concisa, más taciturna.

Si las relaciones humanas se vuelven progresivamente imposibles, es por esa multiplicación de los grados de libertad cuyo profeta entusiasta era Jean-Yves Fréhaut. Él no había tenido, estoy seguro, ninguna *relación*; su estado de libertad era extremo. Lo digo sin acrimonia. Se trataba, ya lo he mencionado, de un hombre feliz; dicho esto, no le envidio esa felicidad.

La especie de pensadores de la informática, a la que pertenecía Jean-Yves Fréhaut, no es tan rara como podría parecer. En cada empresa de mediano tamaño se puede encontrar uno, a veces incluso dos. Además, la mayoría de la gente admite vagamente que cualquier relación, en especial cualquier relación humana, se *reduce* a un intercambio de información (por supuesto, si incluimos en el concepto de información los mensajes de carácter no neutro, es decir, gratificantes o penalizadores). En estas condiciones, un pensador de la informática se transforma pronto en pensador de la evolución social. A menudo su discurso será brillante, y por tanto convincente; incluso podrá integrar en él la dimensión afectiva.

Al día siguiente –en otra copa de despedida, pero esta vez en el Ministerio de Agricultura– tuve ocasión de discutir con el teórico, flanqueado como de costumbre por Catherine Lechardoy. Él nunca había visto a Jean-Yves Fréhaut, ni lo vería jamás. En la hipótesis de un encuentro, imagino que el intercambio intelectual habría sido cortés, pero de alto nivel. Sin duda habrían llegado a un acuerdo sobre ciertos valores como la libertad, la transparencia y la necesidad de establecer un sistema de transacciones generalizadas que abarque el conjunto de las actividades sociales.

El objeto de la invitación era celebrar la jubilación de un hombrecillo de unos sesenta años, con el pelo gris y gafas gruesas. El personal se había esmerado para regalarle una caña de pescar –un modelo japonés, de altas prestaciones, con carrete de triple velocidad y amplitud modificable con una simple presión del dedo–, pero él no lo sabía todavía. Estaba de pie muy a la vista, junto a las botellas de champán. Uno por uno, todos iban a darle una palmada amistosa, o incluso a evocar un recuerdo común.

A continuación, tomó la palabra el jefe de sección de Estudios Informáticos. Resumir en unas pocas frases treinta años de carrera íntegramente dedicada a la informática agrícola era una apuesta temible, una tarea imposible. Louis Lindon, recordó, había conocido los momentos heroicos de la informatización: ¡Las tarjetas perforadas! ¡Los cortes eléctricos! ¡Los cilindros magnéticos! A cada exclamación abría vivamente los brazos, como invitando a la asistencia a dejar volar su imaginación hacia ese período caduco.

El interesado sonreía con aire malicioso, se mordisqueaba el bigote de manera bien poco apetitosa; pero en conjunto se portaba con corrección.

Louis Lindon, concluyó el jefe de sección calurosamente, había dejado su huella en la informática agrícola. Sin él, el sistema informático del Ministerio de Agricultura no sería lo que es. Y eso no podría olvidarlo (su voz se hizo un poco más vibrante) ninguno de sus colegas presentes o futuros.

Hubo unos treinta segundos de nutridos aplausos. Una muchacha elegida entre las más puras le entregó al futuro jubilado su caña de pescar. Él extendió el brazo y la blandió con timidez. Fue la señal de dispersarse hacia el buffet. El jefe de sección se acercó a Louis Lindon y le obligó a un paso lento, pasándole el brazo por los hombros, para intercambiar con él algunas palabras más tiernas y personales.

Ése fue el momento que eligió el teórico para susurrarme que Lindon pertenecía a otra generación de la informática. Programaba sin verdadero método, de manera un poco intuitiva; siempre le había costado trabajo adaptarse a los principios del análisis funcional; los conceptos del método *Cereza del bosque* seguían siendo para él, en su mayor parte, letra muerta. De hecho, habían tenido que reescribir todos sus programas; desde hacía dos años ya no le daban gran cosa que hacer, ya estaba más o menos en la reserva. Nadie ponía en duda, añadió con calor, sus cualidades personales. Sólo que las cosas evolucionan, es normal.

Tras enterrar a Louis Lindon en las brumas del pasado, el teórico pudo emprenderla otra vez con su tema predilecto: según él, la producción y la circulación de la información iban a verse afectadas por la misma mutación que habían conocido la producción y la circulación de mercancías: el paso del estadio artesanal al estadio industrial. En materia de producción de la información, constataba con amargura, estábamos todavía lejos del *cero defectos*; a menudo seguían imperando la redundancia y la imprecisión. Las redes de distribución de la información, insuficientemente desarrolladas, seguían llevando la impronta de la aproximación y el anacronismo (¡la compañía telefónica sigue repartiendo guías de papel!, subrayaba, colérico). A Dios gracias, los jóvenes reclamaban informaciones cada vez más numerosas y cada vez más fiables; a Dios gracias, se mostraban cada vez más exigentes con los tiempos de respuesta; pero el camino que llevaría a una sociedad perfectamente informada, transparente y comunicante era todavía largo.

Él siguió desarrollando ideas; Catherine Lechardoy estaba a su lado. De vez en cuando ella asentía con un «Sí, eso es importante». Llevaba la boca pintada de rojo y los párpados de azul. La falda le llegaba a mitad del muslo, y las medias eran negras. Me dije de pronto que debía de comprar bragas, quizás incluso tangas; la algarabía de la sala creció ligeramente. La imaginé en las Galerías Lafayette, eligiendo unos tangas brasileños de encaje escarlata; me invadió una oleada de dolorida compasión.

En ese momento, un colega se acercó al teórico. Apartándose ligeramente de nosotros, se ofrecieron mutuamente unos cigarros Panatella. Catherine Lechardoy y yo nos quedamos frente a frente. Siguió un silencio manifiesto. Luego, viendo una salida, ella empezó a hablar de la armonización de los procesos de trabajo entre la empresa de servicios y el Ministerio, es decir, entre nosotros dos. Se había acercado a mí; un vacío de treinta centímetros, todo lo más, separaba nuestros cuerpos. En un momento dado, con un gesto sin duda involuntario, apretó ligeramente entre los dedos el revés del cuello de mi chaqueta.

Yo no sentía el menor deseo por Catherine Lechardoy; no tenía las más mínimas ganas de *tirármela*. Ella me miraba sonriendo, bebía Crémant, intentaba ser valiente; sin embargo, yo lo sabía, tenía una enorme necesidad de que alguien *se la tirase*. El agujero que tenía en el bajo vientre debía de parecerle de lo más inútil. Uno siempre puede cortarse la polla, pero ¿cómo se olvida la vacuidad de una vagina? Su situación me parecía desesperada, y la corbata empezaba a apretarme un poco. Después de mi tercera copa estuve a punto de proponerle que saliéramos juntos, que fuésemos a follar a un despacho; sobre la mesa o en la moqueta, qué más daba; me sentía dispuesto a llevar a cabo los gestos necesarios. Pero me callé; y en el fondo creo que ella no habría aceptado; o que antes yo habría tenido que cogerla por la cintura, declarar que era bella, rozarle

12

Esta copa de despedida por jubilación sería el irrisorio apogeo de mis relaciones con el Ministerio de Agricultura. Había recogido todos los datos necesarios para preparar mis cursos; bien poco tendríamos que vernos ya; me quedaba una semana antes de irme a Rouen.

Triste semana. Estábamos a finales de noviembre, período que el común de los mortales está de acuerdo en considerar triste. Me parecía normal que, a falta de acontecimientos más tangibles, las variaciones climáticas vinieran a ocupar cierto lugar en mi vida; por otra parte, según dicen, los viejos no consiguen hablar de otra cosa.

He vivido tan poco que tengo tendencia a pensar que no voy a morir; parece inverosímil que una vida humana se reduzca a tan poca cosa; uno se imagina, a su pesar, que algo va a ocurrir tarde o temprano. Craso error. Una vida puede muy bien ser vacía y a la vez breve. Los días pasan pobremente, sin dejar huella ni recuerdo; y después, de golpe, se detienen.

Otras veces tengo la impresión de que conseguiría instalarme de forma estable en una vida ausente. Que el hastío, relativamente indoloro, me permitiría seguir llevando a cabo los gestos habituales de la vida. Nuevo error. El hastío prolongado no es una posición sostenible: antes o después se transforma en percepciones claramente más dolorosas, de un dolor positivo; es exactamente lo que me está pasando.

Tal vez, me digo, este viaje a provincias me haga *cambiar de ideas*; en sentido negativo, no hay duda, pero va a hacerme *cambiar de ideas*; por lo menos habrá una inflexión, un sobresalto.

Segunda parte

1

En las cercanías del paso de Bab-el-Mandel, bajo la superficie equívoca e inmutable del mar, se ocultan grandes arrecifes de coral, espaciados de manera irregular, que representan un peligro real para la navegación. Casi no son perceptibles, a no ser por un afloramiento rojizo, un tinte del agua un poco distinto. Y si el viajero de paso se digna recordar la extraordinaria densidad de la población de tiburones que caracteriza esta zona del Mar Rojo (llegan, si no me falla la memoria, a unos dos mil tiburones por kilómetro cuadrado), se comprenderá que sienta un ligero estremecimiento, a pesar del calor aplastante y casi irreal que hace vibrar el aire con un viscoso hormigueo en las cercanías del paso de Bab-el-Mandel.

Afortunadamente, por una singular compensación del cielo, siempre hace buen tiempo, excesivamente bueno, y el horizonte no se separa nunca de ese resplandor recalentado y blanco que también puede observarse en las fábricas siderúrgicas durante la tercera parte del tratamiento del mineral de hierro (me refiero a ese momento en que se dilata, como suspendido en la atmósfera y extrañamente consustancial a su naturaleza intrínseca, el vaciado recién formado de acero líquido). Por eso la mayoría de los marinos franquean el obstáculo sin problemas, y pronto surcan en silencio las aguas tranquilas, iridiscentes y húmedas del golfo de Adén.

A veces, sin embargo, tales cosas ocurren, y se manifiestan de verdad. Estamos a lunes por la mañana, uno de diciembre; hace frío y espero a Tisserand junto al aviso de salida del tren a Rouen; estamos en la estación de Saint-Lazare; cada vez tengo más frío y cada vez estoy más harto. Tisserand llega en el último momento; nos va a costar trabajo encontrar sitio. A menos que haya sacado un billete de primera para él; sería muy propio de él.

Podía formar un tándem con cuatro o cinco personas de la empresa, y me toca Tisserand. No me alegro en lo más mínimo. Él, por el contrario, está encantado. «Tú y yo formamos un equipo superbueno...», declara de entrada, «presiento que vamos a encajar de maravilla...» (esboza con las manos una especie de movimiento rotativo, como para simbolizar nuestra futura armonía).

Ya conozco a este chico; hemos hablado varias veces junto a la máquina de bebidas calientes. Normalmente, contaba *historias guarras*; me huelo que este viaje a provincias va a ser siniestro.

Más tarde, el tren arranca. Nos instalamos en medio de un grupo de estudiantes parlanchines que parecen pertenecer a una escuela de comercio. Me siento junto a la ventana para escapar, en una débil medida, del ruido ambiente. Tisserand saca de su cartera diferentes folletos a todo color que hablan de los programas de contabilidad; eso no tiene nada que ver con las clases de formación que vamos a dar. Me arriesgo a hacer la observación. Él apela vagamente: «Ah, sí, Sicómoro también está bien...», y sigue con su monólogo. Tengo la impresión de que, por lo que toca a los aspectos técnicos, cuenta conmigo en un cien por cien.

Lleva un traje espléndido con motivos rojos, amarillos y verdes; se parece un poco a un tapiz medieval. También lleva un pañuelo que sobresale del bolsillo superior de la chaqueta, más bien del estilo «Viaje al planeta Marte» y una corbata a juego. Toda su ropa recuerda al personaje del ejecutivo comercial hiperdinámico y no exento de humor. En cuanto a mí, voy vestido con una parka acolchada y un jersey grueso tipo «fin de semana en las Hébridas». Me imagino que en el juego de roles que está dando comienzo yo representaré al «hombre de sistemas», el técnico competente pero un poco tosco, que no tiene tiempo de preocuparse por la ropa y que sufre una incapacidad congénita para dialogar con el usuario. Me viene como anillo al dedo. Tiene razón, formamos un buen equipo.

Me pregunto si al sacar todos sus folletos no estará intentando llamar la atención de la chica sentada a su izquierda, una estudiante de la escuela de comercio, muy bonita, vaya. Así que sólo me estaría dedicando superficialmente su discurso. Me permito echar una ojeada al paisaje. Empieza a amanecer. Aparece el sol, rojo sangre, terriblemente rojo sobre la hierba verde oscuro, sobre los estanques brumosos. Pequeñas aldeas humean a lo lejos en el valle. Es un magnífico espectáculo, un poco pavoroso. A Tisserand no le interesa. Por el contrario, intenta atraer la mirada de la estudiante de su izquierda. El problema de Raphaël Tisserand –de hecho, el fundamento de su personalidad– es que es muy feo. Tan feo que su aspecto repele a las mujeres, y no consigue acostarse con ellas. No obstante lo intenta, lo intenta con toda su alma, pero no le sale. Simplemente, ellas no quieren saber nada de él.

Sin embargo, su cuerpo no está lejos de la normalidad: de tipo vagamente mediterráneo, está, sí, un poco gordo; «rechoncho», como se suele decir; además, su calvicie lleva una rápida evolución. Bueno, todo esto podría tener arreglo; pero lo que no tiene remedio es su rostro. Tiene la mismísima cara de un sapo: rasgos espesos, groseros, anchos, deformes, lo contrario exactamente de la belleza. Su piel reluciente, acnéica, parece exhudar a todas horas un humor graso. Lleva gafas de culo de botella, porque además es muy miope; pero me temo que si llevase lentillas no arreglaría nada. Para colmo, su conversación carece de elegancia, de fantasía, de humor; no tiene ni el más mínimo *encanto* (el encanto es una cualidad que a veces puede sustituir a la belleza; al menos en los hombres; a menudo se dice: «Tiene mucho encanto», o «El encanto es lo más importante»; eso es lo que se suele decir). En estas condiciones, seguro que está terriblemente frustrado, pero ¿qué le voy a hacer yo? Así que miro el paisaje.

Más tarde, inicia una conversación con la estudiante. Seguimos el curso del Sena, escarlata, completamente ahogado en los rayos del sol naciente; parece que el río arrastre sangre de verdad.

A eso de las nueve, llegamos a Rouen. La estudiante se despide de Tisserand; claro, se niega a darle su número de teléfono. Durante unos cuantos minutos se va a sentir un poco abatido; voy a tener que encargarme de buscar un autobús.

El edificio de la Dirección Provincial de Agricultura es siniestro, y llegamos tarde. Aquí el trabajo empieza a las ocho; luego me enteraré de que así suele ocurrir en provincias. El curso de formación comienza de inmediato. Tisserand toma la palabra; se presenta, me presenta, presenta a nuestra empresa. Supongo que justo después va a presentar la informática, los programas integrados, sus ventajas. También podría presentar el curso, el método de trabajo que vamos a seguir, muchas cosas. Con todo eso nos darían sin problemas las doce del mediodía, sobre todo si hay una de esas viejas y queridas pausas para un café. Me quito la parka y coloco algunos papeles a mi alrededor.

Los asistentes son unas quince personas; hay secretarias y ejecutivos, supongo que técnicos; tienen aspecto de técnicos. No parecen muy desagradables, ni muy interesados en la informática; y sin embargo, me digo para mis adentros, la informática va a cambiar sus vidas.

Veo enseguida de dónde va a venir el peligro: se trata de un chico muy joven con gafas, alto, delgado y flexible. Se ha instalado al fondo, como para poder vigilar a todo el mundo; para mis adentros lo llamo «la Serpiente», aunque se presenta, durante la pausa del café, con el nombre de Schnäbele. Es el futuro jefe de la sección informática en vías de creación, y parece estar muy satisfecho de ello. Sentado a su lado hay un tipo de unos cincuenta años, bastante bien plantado, que pone mala cara y lleva una barba pelirroja. Debe de ser un antiguo brigada, algo por el estilo. Tiene una mirada fija –Indochina, supongo– que clava en mí durante mucho tiempo, como para conminarme a que explique los motivos de mi presencia. Parece consagrado en cuerpo y alma a la serpiente, su jefe. Por su parte, él parece más bien un dogo; o, en cualquier caso, ese tipo de perros que nunca sueltan la presa.

Muy pronto la Serpiente hace preguntas con el objetivo de desestabilizar a Tisserand, de hacerlo quedar como un incompetente. Tisserand es un incompetente, eso es un hecho, pero ya las ha visto parecidas. Es un profesional. No le cuesta nada parar los diferentes ataques, ya sea eludiéndolos con gracia, ya prometiendo volver sobre tal punto en un momento ulterior del curso. A veces hasta consigue sugerir que la pregunta habría tenido cierto sentido en una época anterior de la informática, pero que ahora lo ha perdido por completo.

A mediodía, nos interrumpe un timbre estridente y desagradable. Schnäbele serpentea hacia nosotros: «¿Comemos juntos?...» Prácticamente, no deja lugar a réplica.

Nos comunica que tiene algunas cosillas que hacer antes de la comida, pide disculpas. Pero podemos acompañarle, así nos «enseñará la casa». Nos arrastra por los pasillos; su acólito nos sigue dos pasos más atrás. Tisserand consigue susurrarme que habría «preferido comer con las dos chavalas de la tercera fila». Así que ya ha encontrado presas femeninas entre la asistencia; era casi inevitable, pero aun así me preocupa un poco.

Entramos en el despacho de Schnäbele. El acólito se queda inmóvil en el umbral, en actitud de espera; monta guardia, por decirlo así. La habitación es grande, incluso muy grande para un ejecutivo tan joven, y al principio pienso que nos ha traído aquí sólo para demostrarlo, porque no hace nada; se conforma con dar golpecitos nerviosos sobre el teléfono. Me dejo caer en un sillón delante de la mesa, y Tisserand no tarda en imitarme. El otro imbécil concede: «Claro, siéntense...» En ese mismo momento, aparece una secretaria por una puerta lateral. Se acerca a la mesa con respeto. Es una mujer bastante mayor, con gafas. Sostiene, con ambas manos abiertas, una pila de documentos para firmar. Así que éste es el motivo de toda la puesta en escena, me digo.

Schnäbele interpreta su papel de un modo impresionante. Antes de firmar el primer documento lo recorre despacio con los ojos, gravemente. Señala un giro «de sintaxis poco afortunado». La secretaria, confusa: «Puedo rehacerlo, señor...»; y él, magnánimo: «Oh, no, está perfectamente.»

El fastidioso ceremonial se reproduce con el segundo documento, y después con el tercero. Empiezo a tener hambre. Me levanto para examinar las fotos colgadas en la pared. Son fotos de aficionado, reveladas y enmarcadas con cuidado. Parece que representan géiseres, concreciones de hielo, cosas así. Supongo que las sacó personalmente durante unas vacaciones en Islandia; un circuito de Nuevas Fronteras, con toda probabilidad. Pero les ha hecho de todo: solarización, efectos de filtro en estrella y no sé cuántas cosas más, tantas que casi no se reconoce nada y el conjunto es bastante feo.

Viendo mi interés, él se acerca y declara:

–Es Islandia... bastante bonita, creo yo.

–Ah... –contesto.

Por fin nos vamos a comer. Schnäbele nos precede por los pasillos, comentando la organización de los despachos y la «distribución del espacio», como si acabara de adquirir el edificio. De vez en cuando, cuando torcemos a la derecha, me pasa el brazo por los hombros; a pesar de todo sin tocarme, por fortuna. Anda deprisa, y a Tisserand, que tiene las piernas cortas, le cuesta un poco seguirle; le oigo jadear a mi lado. Dos pasos por detrás, el acólito cierra la marcha, como para prevenir un eventual ataque por sorpresa.

La comida se hace interminable. Al principio todo va bien, Schnäbele habla de sí mismo. Nos vuelve a informar de que a los veinticinco años ya es director de la sección de informática, o al menos está a punto de serlo en un futuro inmediato. Entre los entremeses y el primer plato nos recuerda tres veces su edad: veinticinco años.

Después quiere que le hablemos de nuestra «formación», probablemente para asegurarse de que es inferior a la suya (él es IGREF, y parece sentirse orgulloso; yo no sé qué es eso, pero luego me entero de que los IGREF son una variedad particular de altos funcionarios que sólo se encuentra en los organismos que dependen del Ministerio de Agricultura; un poco como los de la Escuela Nacional de Administración, pero con menos nivel). A este respecto, Tisserand lo deja completamente satisfecho: dice que ha estudiado en la Escuela Superior de Comercio de Bastia, o algo por el estilo, en el límite de la credibilidad. Yo mastico el entrecot a la bearnesa y finjo no haber entendido la pregunta. El ayudante me clava su mirada fija, y por un momento me pregunto si no me va a echar la bronca: «¡Conteste cuando le preguntan!»; vuelvo directamente la cabeza en otra dirección. Al final, Tisserand responde por mí: me presenta como «ingeniero de sistemas». Para acreditar la idea, pronuncio unas frases sobre las normas escandinavas y la conmutación de las redes; Schnäbele se repliega en la silla, a la defensiva; yo me voy a buscar un flan.

La tarde está dedicada a trabajos prácticos en el ordenador. Ahí intervengo yo: mientras Tisserand sigue con sus explicaciones, yo paso entre los grupos para comprobar que todo el mundo las entiende y consigue hacer los ejercicios propuestos. Me las arreglo bastante bien; pero, al fin y al cabo, es mi oficio.

Las dos chavalas me llaman con bastante frecuencia; son secretarias, y aparentemente es la primera vez que se encuentran delante de una pantalla de ordenador. Así que tienen un poco de pánico, y con razón, además. Pero cada vez que me acerco a ellas interviene Tisserand, que no vacila en interrumpir su explicación. Tengo la impresión de que es una de ellas la que más le atrae; cierto que es encantadora, jugosa, muy sexy; lleva un body de encaje negro y sus senos se mueven suavemente bajo la tela. Pero ay, cada vez que él se acerca a la pobrecita secretaria, la cara de ella se crispa en un involuntario gesto de repulsión, casi podría decirse que de asco. Realmente, es una fatalidad.

A las cinco vuelve a sonar el timbre. Los alumnos recogen sus cosas, se preparan para irse; pero Schnäbele se acerca a nosotros: el venenoso personaje guarda una última carta. Al principio intenta aislarme con una observación preliminar: «Creo que es una pregunta para un hombre de sistemas, como usted...»; luego me expone el asunto: ¿debe o no comprar un modulador para estabilizar la tensión de entrada de corriente que alimenta al servidor de red? Le han dicho cosas contradictorias sobre el tema. Yo no tengo ni idea, y me dispongo a decírselo. Pero Tisserand, que desde luego está en perfecta forma, se adelanta a toda velocidad: acaba de aparecer un estudio sobre ese tema, afirma con audacia; la conclusión está muy clara: a partir de cierto nivel de trabajo con los ordenadores el modulador se rentabiliza rápidamente, en cualquier caso en menos de tres años. Por desgracia no ha traído ese estudio, ni sus referencias; pero promete enviarle una fotocopia en cuanto regrese a París.

Buena jugada. Schnäbele se retira, completamente vencido; hasta llega a desearnos una buena tarde.

La tarde, al principio, consiste en buscar un hotel. A instancias de Tisserand, nos instalamos en Aux Armes Cauchoies. Bonito hotel, muy bonito; pero al fin y al cabo nos pagan los gastos de desplazamiento, ¿no?

Luego quiere tomar un aperitivo. ¡Claro, hombre!...

En el café, elige una mesa cerca de dos chicas. Se sienta y las chicas se van. Decididamente, el plan está sincronizado a la perfección. ¡Bien por las chicas!

Como último recurso, pide un dry martini; yo me conformo con una cerveza. Estoy un poco nervioso; no paro de fumar, enciendo cigarrillo tras cigarrillo, literalmente.

Me anuncia que acaba de matricularse en un gimnasio para perder un poco de peso «y también para ligar, claro». Perfecto, no tengo la menor objeción.

Me doy cuenta de que fumo cada vez más; debo rondar los cuatro paquetes al día. Fumar cigarrillos se ha convertido en la única parte de verdadera libertad en mi existencia. La única acción con la que me comprometo plenamente, con todo mi ser. Mi único proyecto.

A continuación, Tisserand aborda uno de sus temas más queridos, a saber, que «nosotros, los informáticos, somos los reyes». Supongo que con eso quiere decir un elevado salario, cierta consideración profesional, una gran facilidad para cambiar de empleo. Dentro de estos límites no se equivoca. Somos los reyes.

Él desarrolla la idea; yo empiezo el quinto paquete de Camel. Poco después termina su martini; quiere volver al hotel para cambiarse antes de cenar. Perfecto, vamos allá.

Le espero en el vestíbulo, mirando la televisión. Hablan de manifestaciones de estudiantes. Una de ellas, en París, ha sido muy numerosa: según los periodistas había al menos trescientas mil personas. Estaba previsto que fuera una manifestación pacífica, más bien una gran fiesta. Y como todas las manifestaciones pacíficas ha acabado mal, un estudiante ha perdido un ojo, un policía del cuerpo de seguridad la mano, etc.

Al día siguiente de esta manifestación masiva ha habido en París una manifestación de protesta contra la «brutalidad policial»; ha transcurrido en una atmósfera de «conmovedora dignidad», cuenta el comentarista, que está claramente a favor de los estudiantes. Toda esta dignidad me cansa un poco; cambio de cadena y doy con un videoclip sexy. Al final, apago.

Vuelve Tisserand; se ha puesto una especie de chandal de fiesta, negro y oro, que le hace parecerse un poco a un escarabajo. Venga, vamos allá.

A iniciativa mía, cenamos en el Flunch. Es un sitio donde se pueden comer patatas fritas con una ilimitada cantidad de mayonesa (basta con sacar tanta mayonesa como se quiera de una enorme fuente); además, me basta con un plato de patatas fritas ahogadas en mayonesa y una cerveza. Tisserand, sin vacilar, pide un cuscús real y una botella de Sidi Brahim. Al segundo vaso de vino empieza a mirar a las camareras, a las clientas, a quien sea. Pobre chico. Pobre, pobre chico. En el fondo sé muy bien por qué aprecia tanto mi compañía: yo nunca hablo de mis amigas, nunca presumo de mis éxitos con las mujeres. Por eso se siente autorizado a suponer (por otra parte, con razón) que por uno u otro motivo no tengo vida sexual; y para él eso es un sufrimiento menos, un ligero alivio en su calvario. Recuerdo haber asistido a una escena penosa el día en que nos presentaron a Thomassen, que acababa de entrar en la empresa. Thomassen es de origen sueco; es muy alto (algo más de dos metros, creo), admirablemente bien proporcionado, y con un rostro de una extraordinaria belleza, solar, radiante; uno tiene realmente la impresión de estar cara a cara con un superhombre, un semidiós.

Thomassen me estrechó la mano, y luego se dirigió a Tisserand. Éste se levantó y se dio cuenta de que, de pie, el otro le llevaba sus buenos cuarenta centímetros. Se volvió a sentar con brusquedad, la cara se le puso escarlata, creí que le iba a saltar al cuello; fue horrible ver aquello.

Después hice varios viajes a provincias con Thomassen para dar cursos de formación, siempre del mismo estilo. Nos entendimos muy bien. Ya he notado muchas veces que la gente de una belleza excepcional es a menudo modesta, amable, afable, atenta. Les cuesta mucho hacer amigos, al menos entre hombres. Se ven obligados a hacer constantes esfuerzos para intentar que los demás olviden su superioridad, por poco que sea.

A Tisserand, gracias a Dios, nunca le ha tocado viajar con Thomassen. Pero cada vez que se avecina un ciclo de formación sé que lo piensa, y que pasa muy malas noches.

Después de la cena quiere ir a tomar algo en un «café que esté bien». Fenomenal.

Sigo sus pasos, y debo reconocer que esta vez su elección es excelente: entramos en una especie de enorme bodega abovedada con vigas antiguas, obviamente auténticas. Por todas partes hay mesitas de madera, iluminadas con velas. Al fondo, arde el fuego en una inmensa chimenea. El conjunto crea un ambiente de improvisación acertada, de desorden simpático.

Nos sentamos. Él pide un bourbon con agua, y yo sigo con la cerveza. Miro a mi alrededor y me digo que esta vez se acabó, que tal vez sea el final del trayecto para mi infortunado compañero. Estamos en un café de estudiantes, todo el mundo está contento, todo el mundo tiene ganas de divertirse. Hay muchas mesas con dos o tres chicas, incluso hay algunas chicas solas en la barra.

Miro a Tisserand y pongo la cara más incitante que puedo. Los chicos y las chicas se tocan a nuestro alrededor. Las mujeres se echan el pelo hacia atrás con un gracioso gesto de la mano. Cruzan las piernas, esperan una ocasión para resoplar de risa. En fin, que se lo pasan bien. Ahora es cuando hay que ligar, aquí, en este preciso momento, en este sitio que tan admirablemente se presta a ello.

Él alza los ojos del vaso y me mira desde detrás de las gafas. Y me doy cuenta de que no le quedan fuerzas. Ya no puede más, no le queda valor para intentarlo, está completamente harto. Me mira, y le tiembla un poco la cara. El alcohol, sin duda; el muy imbécil ha bebido demasiado vino durante la cena. Me pregunto si va a estallar en sollozos, a contarme las estaciones de su calvario; lo veo dispuesto a algo así; tiene los cristales de las gafas ligeramente empañados de lágrimas.

No importa, estoy dispuesto a asumirlo, a escucharlo todo, a llevarlo al hotel si hace falta; pero sé muy bien que mañana por la mañana me guardará rencor.

Me callo; espero sin decir nada; no se me ocurre ninguna palabra sensata que pronunciar. La incertidumbre se prolonga un minuto largo, y después pasa la crisis. Con una voz extrañamente débil, casi trémula, me dice: «Sería mejor volver. Mañana empezamos temprano.»

De acuerdo, volvemos. Terminamos la copa y volvemos. Enciendo el último cigarrillo, miro otra vez a Tisserand. Está completamente ido. Sin decir una palabra me deja pagar la consumición, sin decir una palabra me sigue cuando me dirijo a la puerta. Va encorvado, encogido; está avergonzado de sí mismo, se desprecia, tiene ganas de estar muerto.

Caminamos hacia el hotel. En la calle empieza a llover. Nuestro primer día en Rouen ha terminado. Y sé, con la certeza de lo evidente, que los siguientes días van a ser rigurosamente idénticos.

2

CADA DÍA ES UN NUEVO DÍA

Hoy he asistido a la muerte de un tipo en las Nouvelles Galeries. Una muerte muy simple, a lo Patricia Highsmith (o sea, con esa simplicidad y esa brutalidad características de la vida real, que también se encuentran en las novelas de Patricia Highsmith).

Las cosas han ocurrido así: al entrar en la parte de la tienda que funciona como autoservicio, vi a un hombre tendido en el suelo, cuya cara no podía distinguir (pero me enteré después, escuchando una conversación entre cajeras, que debía de tener unos cuarenta años). Ya se arremolinaba mucha gente a su alrededor. Yo pasé intentando no pararme, para no manifestar una curiosidad mórbida. Eran cerca de las seis de la tarde.

Compré pocas cosas: queso y pan en rebanadas para comer en la habitación del hotel (había decidido evitar la compañía de Tisserand por la noche, para descansar un poco). Pero dudé un rato delante de las botellas de vino, muy variadas, que se ofrecían a la codicia del público. Lo malo es que no tenía sacacorchos. Además, no me gusta el vino; este último argumento acabó de convencerme, y me conformé con un pack de Tuborg.

Al llegar a caja me enteré de que el hombre estaba muerto por una conversación entre las cajeras y una pareja que había asistido a las operaciones de primeros auxilios, al menos en su fase terminal. La mujer de la pareja era enfermera. Creía que lo mejor habría sido darle un masaje cardíaco, que tal vez eso lo habría salvado. No sé, no entiendo de estas cosas, pero si es así, ¿por qué no se lo dio ella? No consigo entender esa clase de actitud.

En cualquier caso, la conclusión que saco es que se puede pasar muy fácilmente a mejor vida –o no hacerlo– en ciertas circunstancias.

No se puede decir que haya sido una muerte muy digna, con toda esa gente que pasaba empujando los carritos de la compra (era la hora de mayor afluencia), en ese ambiente de circo que siempre caracteriza los supermercados. Recuerdo que hasta sonaba la canción publicitaria de las Nouvelles Galeries (a lo mejor la han cambiado después); el estribillo, en concreto, se componía de las siguientes palabras: «Nouvelles Galeries, hoyyyyyyy... Cada día es un nuevo día...»

Cuando salí, el hombre seguía allí. Habían envuelto el cuerpo en alfombras, o más probablemente mantas gruesas, atadas con una cuerda muy apretada. Ya no era un hombre sino un paquete, pesado e inerte, y se estaban tomando disposiciones para el transporte.

Y ahí acabó la cosa. Eran las seis y veinte.

3

EL JUEGO DE LA PLACE DU VIEUX MARCHÉ

Un poco absurdamente, decidí quedarme en Rouen ese fin de semana. Tisserand se sorprendió; le expliqué que tenía ganas de visitar la ciudad y que no tenía nada que hacer en París. La verdad es que no tengo ganas de visitar la ciudad.

No obstante hay restos medievales muy bellos, casas antiguas con un gran encanto. Hace cinco o seis siglos, Rouen debía de ser una de las ciudades más hermosas de Francia; pero ahora está jodida del todo. Todo está sucio, mugriento, mal conservado, estropeado por la presencia permanente de los coches, el ruido, la contaminación. No sé quién es el alcalde, pero basta andar diez minutos por las calles de la ciudad antigua para darse cuenta de que es un perfecto incompetente o un corrupto.

Para terminar de arreglarlo, hay docenas de gamberros que surcan las calles en moto o en mobilette, a escape libre. Bajan de los barrios periféricos, que están sufriendo un completo colapso industrial.

Su objetivo es hacer un ruido estridente, un ruido lo más desagradable posible, un ruido que a los habitantes les resulte realmente difícil de soportar. Lo consiguen a la perfección.

Salgo del hotel hacia las dos de la tarde. Sin vacilar, me dirijo a la Place du Vieux Marché. Es una plaza bastante grande, completamente rodeada de cafés, restaurantes y comercios de lujo. Aquí quemaron a Juana de Arco hace más de quinientos años. Para conmemorar el acontecimiento construyeron una especie de apilamiento de losas de hormigón con una extraña curvatura, medio hundido en el suelo, que tras un examen más minucioso se revela una iglesia. Hay también embriones de césped, parterres de flores y planos inclinados que parecen destinados a los aficionados al skateboard, a menos que sirva para los vehículos de los mutilados; es difícil decirlo. Pero la complejidad del lugar no se detiene aquí: también hay comercios en el centro de la plaza, bajo una especie de rotonda de hormigón, así como un edificio que se parece a una estación de autobús.

Me siento en una de las losas de hormigón, decidido a aclarar las cosas. No cabe la menor duda de que esta plaza es el corazón, el núcleo central de la ciudad. ¿A qué se juega aquí exactamente?

Lo primero que observo es que por lo general la gente se mueve en pandillas, o en grupitos de dos a seis individuos. Ningún grupo se me antoja igual que otro. Claro que todos se parecen, se parecen muchísimo, pero ese parecido no tiene nada que ver con la identidad. Como si hubieran decidido concretar el antagonismo que acompaña sin falta cualquier clase de individuación adoptando ropas, formas de moverse, fórmulas de agrupamiento ligeramente distintas.

Después observo que toda esa gente parece satisfecha consigo misma y con el universo; es asombroso, y hasta da un poco de miedo. Deambulan con sobriedad, aquél enarbolando una sonrisa socarrona, éste un gesto embrutecido. Algunos, entre los más jóvenes, llevan cazadoras con motivos del rock duro más salvaje; se pueden leer frases como *Kill them all!* o *Fuck and destroy!*; pero todos comunican la certeza de estar pasando una tarde agradable, dedicada esencialmente a consumir, y por lo tanto a contribuir a la reafirmación de su ser.

Finalmente observo que me siento distinto a los demás, sin por ello poder precisar la naturaleza de esta diferencia.

Termino por cansarme de esta observación sin resultados y me refugio en un café. Nuevo error. Entre las mesas circula un enorme dogo alemán, aún más monstruoso de lo que suelen serlo los de su raza. Se para delante de cada cliente, como preguntándose si puede permitirse morderle o no.

A dos metros de mí hay una chica sentada delante de una gran taza de chocolate espumeante. El animal se para mucho rato delante de ella, husmea la taza con el hocico como si fuera a zamparse el contenido de un solo lengüetazo. Veo que ella empieza a tener miedo. Me levanto, tengo ganas de intervenir, odio a esta clase de animales. Pero, al final, el perro se va.

Luego me dediqué a errar por las callejuelas. Por pura casualidad, entré en el atrio Saint-Maclou: un gran patio cuadrado, magnífico, completamente rodeado de esculturas góticas de madera oscura.

Un poco más allá vi una boda, a la salida de la iglesia. Una boda muy al viejo estilo: traje gris azulado, vestido blanco y flores de azahar, damiselas de honor..., yo estaba sentado en un banco, no muy lejos de los escalones de la iglesia.

Los novios eran bastante mayores. Un tipo alto y un poco coloradote, con pinta de campesino rico; una mujer algo más alta que él, de cara angulosa, con gafas. Me veo obligado a subrayar, por desgracia, que todo esto parecía un poco ridículo. Algunos jóvenes, al pasar, se reían de los novios. Claro.

Durante unos minutos pude observarlo todo de forma estrictamente objetiva. Y después me empezó a invadir una sensación desagradable. Me levanté y me fui con rapidez.

Dos horas más tarde, ya de noche, volví a salir del hotel. Me comí una pizza de pie, solo, en un establecimiento desierto, y que merecía seguir estándolo. La pasta de la pizza era infecta. El decorado se componía de teselas de mosaico blancas y de lámparas de pie de acero gris; parecía una sala de operaciones.

Luego fui a ver una película porno en el cine de Rouen especializado en estas cosas. La sala estaba medio llena, lo que no está mal. Sobre todo de jubilados y de inmigrantes, claro; sin embargo, había algunas parejas.

Al cabo de cierto tiempo me di cuenta, con sorpresa, de que la gente cambiaba a menudo de sitio, sin motivo aparente. Queriendo enterarme del porqué del tejemaneje, me moví al mismo tiempo que otro tipo. De hecho, es muy simple: cada vez que llega una pareja se ve rodeada por dos o tres hombres, que se instalan a unos pocos asientos de distancia y empiezan inmediatamente a masturbarse. Con la esperanza, creo, de que la mujer eche una ojeada a su sexo.

Me quedé cerca de una hora en el cine, y luego volví a cruzar Rouen camino a la estación. Algunos mendigos se arrastraban, vagamente amenazantes, por el vestíbulo; no les hice ni caso, y tomé nota de los horarios a París.

Al día siguiente me levanté temprano, llegué a tiempo para el primer tren; compré un billete, esperé, y no me fui; y no consigo entender por qué. Todo esto es en extremo desagradable.

4

Fue la noche siguiente cuando me puse enfermo. Después de cenar, Tisserand quería ir a una discoteca; yo decliné la invitación. Me dolía el hombro izquierdo, y tenía escalofríos. De vuelta en el hotel intenté dormir, pero no había manera; tumbado, ya no podía respirar. Me senté otra vez; el papel pintado era deprimente.

Al cabo de una hora empecé a tener dificultades para respirar incluso sentado. Fui al cuarto de baño. Mi cara parecía la de un cadáver; el dolor había iniciado un lento desplazamiento desde el hombro hacia el corazón. Fue entonces cuando me dije que a lo mejor era grave; era evidente que había abusado de los cigarrillos en los últimos tiempos.

Me quedé unos veinte minutos apoyado contra el lavabo, sintiendo el progresivo aumento del dolor. Me fastidiaba mucho tener que salir otra vez, ir al hospital, todo eso.

Hacia la una de la madrugada cerré de un portazo tras de mí y salí. El dolor se localizaba claramente en el pecho. Cada respiración me costaba un esfuerzo enorme, y terminaba en un silbido sordo. No conseguía andar bien, sólo daba unos pasitos, unos treinta centímetros a la vez. Me veía obligado a apoyarme todo el tiempo en los coches.

Durante unos minutos descansé contra un Peugeot 104, y luego empecé a subir una calle que parecía llevar a una confluencia más importante. Me hizo falta una media hora para recorrer quinientos metros. El dolor había dejado de aumentar, pero se mantenía en un nivel alto. Por el contrario, las dificultades respiratorias eran cada vez más graves, y eso era lo más alarmante. Tenía la impresión de que si la cosa seguía me iba a morir en unas pocas horas, antes del alba en cualquier caso. Me impresionaba la injusticia de esta muerte súbita; no se podía decir que yo hubiera abusado de la vida. Desde hacía unos años, es verdad, me encontraba en un mal paso; pero eso no era precisamente una razón para *interrumpir la experiencia*; muy al contrario, lo lógico habría sido que la vida empezara, con toda justicia, a sonreírme. Desde luego, todo esto estaba muy mal organizado.

Además, la ciudad y sus habitantes me habían caído mal desde el principio. No solamente no me quería morir, sino que sobre todo no me quería morir en Rouen. Morir en Rouen, entre los ruaneses, me parecía especialmente odioso. Sería, me decía en un estado de ligero delirio causado con toda probabilidad por el dolor, demasiado honor para estos imbéciles de Rouen. Recuerdo a la pareja de jóvenes, conseguí agarrarme a su coche delante de un semáforo en rojo; supongo que volvían de una discoteca, o ésa era la impresión que daban. Pregunto por dónde se va al hospital; la chica me lo explica en pocas palabras, con cierta irritación. Un momento de silencio. Apenas puedo hablar, apenas puedo tenerme en pie, es evidente que no puedo llegar allí yo solo. Los miro; mudo, imploro su piedad, y al mismo tiempo me pregunto si se dan cuenta de lo que están haciendo. Y luego el semáforo se pone en verde y el tipo arranca. ¿Se dirían algo después el uno al otro para justificar su comportamiento? Ni de eso estoy seguro.

Al final veo un taxi inesperado. Intento fingir desenvoltura para anunciar que quiero ir al hospital, pero no me sale muy bien, y al taxista le falta un pelo para negarse. Y aun así el desgraciado encuentra el modo de decirme, justo antes de arrancar, que «espera que no le ensucie la tapicería». De hecho, ya había oído decir que las mujeres embarazadas tenían el mismo problema cuando se ponían de parto: excepto algunos camboyanos todos los taxis se niegan a llevarlas, por miedo a que algún fluido orgánico les pringue el asiento trasero.

¡Venga, hombre!

Tengo que reconocer que en el hospital las formalidades son bastante rápidas. Un interno se ocupa de mí, me hace toda una serie de reconocimientos. Supongo que no quiere que la palme entre sus manos en la siguiente hora.

Acabados los exámenes, se me acerca y me anuncia que tengo una pericarditis y no un infarto, como creyó al principio. Me cuenta que los primeros síntomas son idénticos; pero al contrario que el infarto, que a menudo es mortal, la pericarditis es una enfermedad muy benigna, nadie se muere nunca de ella. Me dice: «Se habrá usted asustado.» Contesto que sí para no darle la lata, pero de hecho no he tenido miedo, sólo he tenido la impresión de que iba a palmarla en unos minutos; es distinto.

Después me llevan a la sala de urgencias. Empiezo a gemir sentado en la cama. Ayuda un poco. Estoy solo, no molesto a nadie. De vez en cuando una enfermera asoma la nariz por la puerta, se asegura de que mis gemidos son más o menos constantes y se vuelve a ir.

Amanece. Acuestan a un borracho en una cama contigua. Sigo gimiendo en voz baja, de forma regular.

A eso de las ocho llega un médico. Me anuncia que me van a transferir al servicio de cardiología, y que va a inyectarme un calmante. Me digo que ya se les podría haber ocurrido antes. La inyección, en efecto, me duerme de inmediato.

Cuando despierto, Tisserand está sentado a la cabecera de la cama. Parece descompuesto, y a la vez encantado de volver a verme; su solicitud me emociona un poco. Al no encontrarme en mi habitación le entró el pánico, telefoneó a todas partes: a la Dirección Provincial de Agricultura, a la comisaría de policía, a nuestra empresa en París..., todavía parece un poco inquieto; cierto que con mi cara lívida y el gota a gota no debo de tener muy buen aspecto. Le explico que es una pericarditis, que no es nada, que estaré bien antes de quince días. Él quiere que una enfermera que no sabe nada le confirme el diagnóstico; pregunta por un médico, el jefe de servicio, quien sea..., al final el interno de guardia lo tranquiliza.

Regresa a mi lado. Me promete que dará los cursos de formación él solo, que llamará a la empresa para avisarles, que se encargará de todo; me pregunta si necesito algo. No, por el momento no. Entonces se va con una amplia sonrisa amistosa y llena de ánimos. Casi enseguida me vuelvo a quedar dormido.

5

> «Estos hijos son míos, estas riquezas son mías.» Así habla el insensato, y se atormenta. La verdad es que uno no se pertenece a sí mismo. ¿Qué decir de los hijos? ¿Qué de las riquezas?
>
> *Dhammapada*, V

Uno se acostumbra muy deprisa al hospital. Durante toda una semana estuve seriamente afectado, no tenía la menor gana de moverme o de hablar; pero veía a la gente charlar a mi alrededor, contarse sus enfermedades con ese interés febril, esa delectación que siempre les parece un poco indecente a los que tienen buena salud; veía también a las familias durante las visitas. En conjunto, nadie se quejaba; todos parecían muy satisfechos de su suerte, a pesar del modo de vida poco natural que se les había impuesto, a pesar también del peligro que pesaba sobre ellos; pues en un servicio de cardiología, a fin de cuentas, la mayoría de los pacientes están arriesgando el pellejo.

Recuerdo a un obrero de cincuenta y cinco años que iba por el sexto ingreso; saludaba a todo el mundo, al médico, a las enfermeras... Obviamente, estaba encantado de encontrarse allí. Y sin embargo su vida privada era muy activa: hacía bricolaje, cuidaba el jardín, etc. Vi a su mujer, que parecía muy agradable; eran hasta conmovedores, por quererse así pasados los cincuenta. Pero él abdicaba de cualquier voluntad en cuanto llegaba al hospital; depositaba su cuerpo, encantado, en manos de la ciencia. Puesto que todo estaba organizado. Un día u otro se quedaría en el hospital, era evidente; pero eso también estaba organizado. Vuelvo a verlo dirigiéndose al médico con una especie de golosa impaciencia, usando abreviaturas familiares que yo no entendí: «¿Van a hacerme la pneumo y la cata venosa?» Le importaba mucho su cata venosa; hablaba de ella todos los días.

En comparación, yo me sentía un enfermo más bien desagradable. De hecho, tenía ciertas dificultades para volver a tomar posesión de mí mismo. Es una experiencia extraña. Verse las piernas como objetos separados, alejados de la mente, a la que están vinculadas casi por casualidad, y más bien mal. Imaginarse, con incredulidad, como un montón de miembros que se agitan. Y uno necesita esos miembros, los necesita desesperadamente. Pero aun así a veces parecen muy raros, muy extraños. Sobre todo las piernas.

Tisserand vino a verme dos veces, se portó de maravilla, me trajo libros y dulces. Me di cuenta de que quería hacerme cualquier favor; entonces le pedí unos libros. Pero la verdad es que no tenía ganas de leer. Mi mente flotaba, confusa y un poco perpleja.

Él hizo algunas bromas eróticas sobre las enfermeras, pero era inevitable, muy natural, y no le guardé rencor. Además, es verdad que en vista del calor ambiente las enfermeras suelen ir casi desnudas debajo de la bata; sólo el sujetador y las bragas, muy visibles en transparencia. Es innegable que esto mantiene una tensión erótica leve pero constante, sobre todo porque ellas te tocan y tú también estás casi desnudo, etc. Y, ay, el cuerpo enfermo todavía tiene ganas de disfrutar. Aunque a decir verdad señalo esto *a título de información*; yo estaba en un estado de insensibilidad erótica casi total, por lo menos durante esa primera semana.

Me di cuenta de que a las enfermeras y a los demás enfermos les sorprendía que no recibiese más visitas; así que expliqué, para edificación general, que estaba en viaje de negocios cuando me había pasado aquello; no era de Rouen, no conocía a nadie. En resumen, que estaba allí por casualidad.

Pero ¿no había nadie a quien quisiera avisar, informar de mi estado? Pues no, no había nadie.

La segunda semana fue un poco más penosa, empezaba a recuperarme, a tener ganas de salir. La vida volvía a llevar las riendas, como suele decirse. Tisserand ya no estaba allí para llevarme dulces; debía de estar haciendo su numerito ante de los habitantes de Dijon.

El lunes por la mañana, escuchando una radio por casualidad, me enteré de que los estudiantes habían puesto fin a las manifestaciones y que, por supuesto, habían conseguido todo lo que querían. Por el contrario, se había declarado una huelga de ferrocarriles, que había empezado en un ambiente muy duro; los sindicatos oficiales parecían desbordados por la intransigencia y la violencia de los huelguistas. Así que el mundo seguía su curso. La batalla continuaba.

Al día siguiente llamaron de mi empresa y preguntaron por mí; era una secretaria de dirección que había heredado la difícil misión. Estuvo perfecta, tomó todas las precauciones adecuadas, me aseguró que el restablecimiento de mi salud contaba para ellos más que cualquier otra cosa. No obstante, quería saber si me encontraría en condiciones de ir a La Roche-sur-Yon, como estaba previsto. Le dije que no lo sabía, pero que era uno de mis más ardientes deseos. Ella se rió un poco tontamente; pero ya había notado que era una chica bastante tonta.

6

Dos días más tarde salí del hospital, un poco antes, creo, de lo que a los médicos les habría gustado. Por lo general intentan que te quedes el mayor tiempo posible para aumentar el coeficiente de ocupación de camas; pero por lo visto el período de fiestas les incitó a la clemencia. Además, el médico jefe me lo había prometido: «Estará en casa para Navidad», ésas fueron sus palabras. En casa no sé, pero seguro que en alguna parte.

Me despedí del obrero, a quien habían operado la víspera. Todo había ido muy bien, según los médicos; aun así, tenía pinta de estar en las últimas.

Su mujer se empeñó en que probase la tarta de manzana, ya que su marido no había tenido fuerzas para comérsela. Acepté: estaba deliciosa.

«¡Ánimo, muchacho!», me dijo cuando nos separamos. Le deseé lo mismo. Tenía razón; el ánimo siempre puede resultar útil.

Rouen-París. Hace exactamente tres semanas,

hice el mismo recorrido en sentido inverso. ¿Qué ha cambiado desde entonces? Las pequeñas aldeas siguen humeando en el valle, como una promesa de apacible felicidad. La hierba es verde. Hay sol, y unas nubecillas que hacen contraste; parece una luz de primavera. Pero un poco más lejos las tierras están inundadas; se oye el lento estremecimiento del agua entre los sauces; es fácil imaginar un lodo pegajoso, negruzco, donde el pie se hunde bruscamente.

En el vagón, no muy lejos, un negro escucha su walkman empinando una botella de J&B. Se contonea en el pasillo, con la botella en la mano. Un animal, y lo más probable es que sea peligroso. Intento evitar su mirada, que sin embargo es relativamente amistosa.

Un ejecutivo viene a sentarse frente a mí, sin duda molesto por el negro. ¿Qué coño hace aquí? Debería estar en primera. Uno nunca está tranquilo.

Lleva un Rolex y una chaqueta *seersucker*. Una alianza de oro, de grosor mediano, en el anular de la mano izquierda. Cabeza cuadrada, franca, más bien agradable. Tendrá unos cuarenta años. La camisa, de color blanco crema, lleva finas rayas en relieve de un crema ligeramente más oscuro. La corbata es de anchura mediana; por supuesto, está leyendo *Les Échos*. No sólo lo lee sino que lo devora, como si de esa lectura pudiera depender, de repente, el sentido de su vida.

Me veo obligado a mirar el paisaje para dejar de verle. Es curioso, parece que el sol se ha vuelto a poner rojo, como en el viaje de ida. Pero me la trae floja; podría haber cinco o seis soles rojos sin que eso cambiara el curso de mi meditación.

No me gusta este mundo. Definitivamente, no me gusta. La sociedad en la que vivo me disgusta; la publicidad me asquea; la información me hace vomitar. Todo mi trabajo informático consiste en multiplicar las referencias, los recortes, los criterios de decisión racional. No tiene ningún sentido. Hablando claro: es más bien negativo; un estorbo inútil para las neuronas. A este mundo le falta de todo, salvo información suplementaria.

Llegada a París, tan siniestro como siempre. Los edificios leprosos del puente Cardinet, dentro de los cuales uno se imagina, indefectiblemente, a los jubilados agonizando junto a su gato Poucette que devora la mitad de su pensión en croquetas Friskies. Esa especie de estructuras metálicas que se superponen hasta la indecencia para formar una red catenaria. Y la publicidad que vuelve, inevitable, repugnante y abigarrada. «Un bello y cambiante espectáculo sobre los muros.» Chorradas. Chorradas de mierda.

7

Volver a mi apartamento no me produjo un gran entusiasmo; el correo se limitaba a una factura de liquidación por una conversación de teléfono erótico (*Natacha, el jadeo en directo*) y a una larga carta de las Trois Suisses informándome de la puesta en funcionamiento de un servicio telemático de pedidos simplificados, el Chouchoutel. En mi calidad de cliente preferente, ya podía beneficiarme de él; todo el equipo informático (fotos en medallón) había trabajado sin interrupción para que el servicio estuviese operativo en Navidad; desde ahora, la directora comercial de las Trois Suisses se complacía en poder atribuirme personalmente un código Chouchou.

El contador de llamadas de mi contestador indicaba la cifra 1, lo que me sorprendió bastante; pero debía de tratarse de un error. En respuesta a mi mensaje, una voz femenina hastiada y despreciativa había dicho «Pobre imbécil...» antes de colgar. En suma, nada me retenía en París.

De todos modos, me apetecía bastante ir a Vandea. Vandea me traía muchos recuerdos de vacaciones (en su mayoría malos, eso sí, pero siempre es igual). Había recuperado algunos en una fábula de animales titulada *Diálogos de un teckel y un caniche*, que podría calificarse de autorretrato adolescente. En el último capítulo de la obra, uno de los perros le leía a su compañero un manuscrito descubierto en el archivador de su joven amo:

«El año pasado, en torno al 23 de agosto, paseaba por la playa de Sables-d'Olonne, acompañado de mi caniche. Mientras que mi cuadrúpedo compañero parecía disfrutar sin apremios de los movimientos del aire marino y del resplandor del sol (especialmente vivo y agradable aquella mañana), yo no podía evitar que la reflexión me atenazara la frente translúcida y, abrumada por una carga demasiado pesada, mi cabeza volvía a abatirse tristemente sobre el pecho.

»Así estábamos cuando me detuve delante de una niña que tendría unos catorce años. Jugaba al badminton con su padre, o a algún otro juego con raquetas y una pelota voladora. Se había vestido con la más franca sencillez, puesto que sólo llevaba un traje de baño y, para colmo, lucía los senos desnudos. Sin embargo, y al llegar aquí uno sólo puede inclinarse ante tanta perseverancia, toda su actitud manifestaba el despliegue de una ininterrumpida tentativa de seducción. El movimiento ascendente de sus brazos cuando fallaba la pelota, si bien tenía la ventaja accesoria de destacar los globos de color ocre que constituían unos pechos ya más que insinuados, se acompañaba sobre todo de una sonrisa divertida y desolada a la vez, a fin de cuentas impregnada de una intensa alegría de vivir, que dedicaba con toda claridad a cualquier adolescente masculino que pasara en un radio de cincuenta metros. Y todo esto, no lo olvidemos, en mitad de una actividad de carácter eminentemente deportivo y familiar.

»Por otra parte, su pequeña maniobra no carecía de efectos, como no tardé en comprobar; cuando llegaban cerca de ella, los chicos balanceaban horizontalmente el tórax y aminoraban el cadencioso tijeretazo de su paso en notable proporción. Volviendo la cabeza hacia ellos con un vivo gesto que provocaba en sus cabellos una especie de desgreñamiento temporal no exento de gracia traviesa, premiaba entonces a sus presas más interesantes con una breve sonrisa que de inmediato contradecía un movimiento no menos gracioso, esta vez destinado a golpear la pelota en pleno centro.

»Así pues, una vez más me veía empujado a un tema de meditación que me obsesiona desde hace años: ¿por qué los chicos y las chicas, una vez alcanzada cierta edad, se pasan el tiempo ligando y seduciéndose?

»Algunos dirán, amablemente: "Es el despertar del deseo sexual, ni más ni menos, eso es todo." Comprendo este punto de vista; yo mismo lo he compartido durante mucho tiempo. Puede jactarse de movilizar con él tanto las últimas líneas de pensamiento que se entrecruzan, cual gelatina translúcida, en nuestro horizonte ideológico, como la robusta fuerza centrípeta del sentido común. Por lo tanto, puede parecer audaz y hasta suicida chocar de frente con sus ineludibles bases. No voy a hacer algo así. En efecto, estoy muy lejos de querer negar la existencia y la fuerza del deseo sexual en los adolescentes humanos. Las tortugas mismas lo sienten y no se aventuran, en estos días de confusión, a importunar a su joven amo. A pesar de todo, algunos indicios serios y coincidentes, como un rosario de extraños hechos, me han llevado poco a poco a suponer la existencia de una fuerza más profunda y más oculta, verdadera nudosidad existencial que exuda deseo. Hasta ahora no he hecho partícipe a nadie, para no disipar con parloteos inconsistentes el crédito de salud mental que los hombres, por lo general, me han concedido durante el tiempo que han durado nuestras relaciones. Pero ahora mi convicción ha cristalizado, y veo llegado el momento de decirlo todo.

»Ejemplo número 1. Consideremos un grupo de jóvenes que están juntos durante toda una tarde, o que se van de vacaciones a Bulgaria. Entre estos jóvenes hay una pareja formada de antemano; llamemos François al chico y Françoise a la chica. Tendremos un ejemplo concreto, banal y fácilmente observable.

»Abandonemos a estos jóvenes a sus divertidas actividades, pero antes recortemos en su vida una muestra de segmentos temporales elegidos de modo aleatorio que filmaremos con ayuda de una cámara de alta velocidad disimulada en el decorado. De una serie de medidas se deduce que Françoise y François pasan cerca de un 37 % del tiempo besándose, tocándose, acariciándose y, en suma, prodigándose signos de la mayor ternura recíproca.

»Repitamos ahora la experiencia anulando el entorno social antes citado, es decir, que Françoise y François están solos. De inmediato, el porcentaje disminuye hasta un 17 %.

»Ejemplo número 2. Quiero hablarles ahora de una pobre chica que se llamaba Brigitte Bardot. Pues sí. De verdad que había, en mi clase de último curso, una chica que se llamaba Bardot, porque su padre se llamaba así. Hice algunas indagaciones sobre él: era chatarrero cerca de Trilport. Su mujer no trabajaba; se quedaba en casa. Casi nunca iban al cine, y estoy seguro de que no lo hicieron a propósito; incluso puede que la coincidencia les pareciera divertida los primeros años... Es penoso decirlo.

»Cuando yo la conocí, en la plenitud de sus diecisiete años, Brigitte Bardot era un verdadero asco. Para empezar estaba muy gorda, un callo, una inmensa morcilla con diversos michelines desafortunadamente repartidos por las intersecciones de su obeso cuerpo. Pero aunque hubiera seguido durante veinticinco años el régimen de adelgazamiento más severo y terrorífico, su suerte no habría mejorado mucho. Porque tenía la piel rojiza, grumosa y granujienta. Y una cara ancha, chata y redonda, con los ojillos hundidos y el pelo ralo y sin brillo. La verdad es que, de la manera más inevitable y natural, todo el mundo la comparaba con una cerda.

»No tenía amigas, y evidentemente tampoco tenía amigos; estaba completamente sola. Nadie le dirigía la palabra, ni siquiera en un examen de física; siempre preferíamos preguntarle a cualquier otro. Venía a clase y luego se iba a su casa; nunca oí decir a nadie que la hubiera visto fuera del liceo.

»En clase, algunos se sentaban a su lado; se habían acostumbrado a su masiva presencia. No la veían y tampoco se burlaban de ella. Ella no participaba en las discusiones de las clases de filosofía; no participaba en nada de nada. En el planeta Marte no habría estado más tranquila.

»Supongo que sus padres debían de quererla. ¿Qué haría por la noche, al volver a casa? Porque seguro que tenía una habitación con una cama y las muñecas de su infancia. Lo más probable es que viera la tele con sus padres. Una habitación a oscuras, y tres seres soldados por el flujo fotónico; no veo nada más.

»En cuanto a los domingos, me imagino muy bien a la familia cercana recibiéndola con fingida cordialidad. Y sus primas, seguramente bonitas. Repugnante.

»¿Tenía fantasías? Y, en caso afirmativo, ¿cuáles? ¿Románticas, a lo Delly? Me cuesta pensar que pudiera imaginar de uno u otro modo, incluso en un sueño, que algún día un joven de buena familia, estudiante de medicina, acariciase la idea de llevarla en su descapotable a visitar los monasterios de la costa normanda. A menos que ella se pusiera una cogulla, dándole un giro misterioso a la aventura.

»Sus mecanismos hormonales debían de funcionar con normalidad, no hay motivos para sospechar lo contrario. ¿Entonces? ¿Basta eso para tener fantasías eróticas? ¿Imaginaba unas manos masculinas entreteniéndose en los repliegues de su grueso vientre? ¿Bajando hasta su sexo? Pregunto a la medicina, y la medicina no contesta. Hay muchas cosas respecto a Bardot que no conseguí dilucidar; y lo intenté.

»No llegué al punto de acostarme con ella; sólo di los primeros pasos del camino que normalmente nos habría llevado a eso. En concreto, empecé a hablarle a principios de noviembre; unas palabras al terminar las clases, nada más durante unos quince días. Y después, en dos o tres ocasiones, le pedí que me explicara tal o cual problema de matemáticas; todo esto con mucha prudencia, evitando que se notara. A mediados de diciembre empecé a tocarle la mano de un modo en apariencia accidental. Ella reaccionaba cada vez como si sintiera una sacudida eléctrica. Era bastante impresionante.

»Alcanzamos el punto culminante de nuestras relaciones justo antes de Navidad, cuando la acompañé hasta su tren (en realidad un autorraíl). Como la estación estaba a más de ochocientos metros, no era una iniciativa insignificante; aquella vez llegaron a verme. Por lo general, en la clase me consideraban un enfermo, así que el perjuicio para mi imagen social era más bien limitado.

»Aquella tarde, en mitad del andén, le di un beso en la mejilla. No la besé en la boca. Además creo que, paradójicamente, ella no lo habría permitido, porque incluso en el loco caso de que sus labios y su lengua hubieran conocido el contacto de una lengua masculina, no por ello dejaba ella de tener una idea muy precisa sobre el momento y el sitio en que esta operación debía tener lugar durante el recorrido arquetípico del flirt adolescente; diría que una noción tanto más precisa cuanto que el fluido vapor del instante vivido nunca había tenido ocasión de rectificarla y suavizarla.

»Inmediatamente después de las vacaciones de Navidad dejé de hablarle. El tipo que me había visto junto a la estación parecía haber olvidado el incidente, pero yo me había asustado mucho. De todas formas, salir con Bardot habría exigido una fuerza moral muy superior a la que yo poseía, incluso en aquella época. Porque no sólo era fea, sino que también era mala de verdad. Afectada sin paliativos por la liberación sexual (estábamos a principios de los años ochenta, el sida todavía no existía), no podía, evidentemente, invocar algún tipo de ética de la virginidad. Además era demasiado inteligente, demasiado lúcida como para explicar su estado gracias a una "influencia judeocristiana"; sus padres, en cualquier caso, eran agnósticos. Así que no tenía escapatoria. Sólo podía asistir, con un callado odio, a la liberación de los demás; ver a los chicos apretujarse, como cangrejos, contra el cuerpo de las otras chicas; ser consciente de las relaciones que empiezan, de las experiencias que se deciden, de los orgasmos de los que se alardea; vivir en todos sus aspectos una autodestrucción silenciosa junto al placer manifiesto de los otros. Así tenía que transcurrir su adolescencia, y así transcurrió; los celos y la frustración fermentaron despacio, convirtiéndose en una paroxística hinchazón de odio.

»En el fondo, no estoy muy orgulloso de esta historia; es demasiado burlesca para estar exenta de crueldad. Vuelvo a verme una mañana, por ejemplo, saludándola con estas palabras: "Oh, Brigitte, llevas un vestido nuevo..." Era bastante asqueroso, aunque fuese cierto; porque el hecho parecía alucinante, pero era real: *cambiaba de vestido;* hasta recuerdo una vez que se puso *una cinta en el pelo*; ¡oh, Dios mío, parecía una cabeza de ternera entreverada! Suplico su perdón en nombre de toda la humanidad.

»Grande es el deseo de amor en el hombre, hunde sus raíces hasta profundidades asombrosas, y sus múltiples raicillas se afincan en la materia misma del corazón. A pesar de la avalancha de humillaciones que constituía su vida cotidiana, Brigitte Bardot tenía esperanzas y esperaba. Probablemente, sigue teniendo esperanzas y esperando. En su lugar, una víbora ya se habría suicidado. Los hombres no temen a nada.

»Tras haber recorrido con una lenta y fría mirada el escalonamiento de los diversos apéndices de la función sexual, creo que ha llegado el momento de exponer el teorema central de mi apocrítica. A menos que ustedes detengan el implacable avance de mi razonamiento con esta objeción que, magnánimo, les dejaré formular: "Busca usted todos sus ejemplos en la adolescencia, que sin duda es una etapa importante de la vida, pero que a fin de cuentas ocupa en ella una fracción bastante breve. ¿No teme que sus conclusiones, cuyo rigor y agudeza admiramos, resulten al final parciales y limitadas?" A este amable opositor le contestaré que la adolescencia no sólo es una etapa importante de la vida, sino que es la única etapa en la que se puede hablar de vida en el verdadero sentido del término. Los atractores pulsionales se desenfrenan en torno a los trece años y luego disminuyen poco a poco, o más bien se resuelven en modelos de comportamiento que a fin de cuentas sólo son fuerzas petrificadas. La violencia del estallido inicial hace que el resultado del conflicto pueda ser incierto durante muchos años; es lo que se llama, en electrodinámica, un régimen transitorio. Pero poco a poco las oscilaciones se vuelven más lentas, hasta convertirse en ondas anchas, melancólicas y dulces; a partir de ese momento ya está todo dicho, y la vida ya no es más que una preparación a la muerte. Lo cual puede expresarse de forma más brutal y menos exacta diciendo que el hombre es un adolescente disminuido.

»Así que, tras haber recorrido con una lenta y fría mirada el escalonamiento de los diversos apéndices de la función sexual, creo que ha llegado el momento de exponer el teorema central de mi apo-

niveles menores llega a igualar o a sobrepasar en importancia al viejo gorila individual. En mi opinión, podemos reconsiderar en este marco la eventualidad de dotar de sentido el término "amor".

»Tras haber erizado mi pensamiento con las estacas de la restricción puedo añadir que el concepto de amor, a pesar de su fragilidad ontológica, ostenta u ostentaba hasta fecha reciente todos los atributos de una prodigiosa potencia operatoria. Forjado a toda prisa, tuvo inmediatamente un gran público, e incluso en nuestros días son pocos los que renuncian clara y deliberadamente a amar. Este evidente éxito tendería a demostrar una misteriosa correspondencia con no se sabe qué necesidad constitutiva de la naturaleza humana. Sin embargo, y éste es el punto exacto en que el analista vigilante se aparta del que devana pamplinas, me guardaré de formular ni la más sucinta hipótesis sobre la naturaleza de dicha necesidad. *Sea como fuere, el amor existe, puesto que sus efectos pueden ser observados*. Una frase digna de Claude Bernard, y me gustaría dedicársela. ¡Oh, sabio inatacable! No es casualidad si las observaciones en apariencia más alejadas del objetivo que te proponías inicialmente se ordenan, una tras otra y como cebadas codornices, bajo la resplandeciente majestad de tu aura protectora. El protocolo experimental que con rara convicción definiste en 1865 debe de ser muy resistente, puesto que los hechos más extravagantes sólo pueden cruzar la tenebrosa barrera de la cientificidad tras haberse encomendado a la rigidez de tus leyes inflexibles. Te saludo, fisiologista inolvidable, y declaro en voz bien alta que no haré nada que pueda abreviar, por poco que sea, la duración de tu reinado.

»Construyendo con mesura las columnas de una axiomática indudable, observaré en tercer lugar que la vagina, al contrario de lo que su apariencia pueda hacer pensar, es mucho más que un agujero en un pedazo de carne (sé muy bien que los chicos de las carnicerías se masturban con escalopes..., ¡que sigan!, ¡eso no va a frenar el desarrollo de mis ideas!). En realidad la vagina está, o lo estaba hasta hace poco, al servicio de la reproducción de las especies. Sí, de las especies.

»Algunos literatos del pasado consideraron adecuado enarbolar, para evocar la vagina y sus dependencias, la expresión tontamente estupefacta, la cara desorbitada de un mojón kilométrico. Otros, por el contrario, semejantes a los saprófitos, se revolcaron en la bajeza y el cinismo. Cual piloto experimentado, navegaré a igual distancia de esos escollos simétricos, más aún, seguiré la trayectoria de su mediatriz para encontrar mi camino, ancho e intransigente, hacia las idílicas regiones del razonamiento exacto. Por lo tanto, deben ustedes considerar las tres nobles verdades que acaban de iluminar sus ojos como el triedro generador de una pirámide de sabiduría que, maravilla nunca vista, sobrevolará con alas ligeras los disgregados océanos de la duda. Ya es bastante señalar su importancia. Pero lo cierto es que en este momento recuerdan, por sus dimensiones y su carácter abrupto, tres columnas de granito erigidas en pleno desierto (como las que pueden verse, por ejemplo, en la llanura de Tebas). Sería poco amistoso, y poco conforme al espíritu de este tratado, que abandonase a mi lector cara a su descorazonadora verticalidad. Por eso en torno a estos primeros axiomas vendrán a entrelazarse las alegres espirales de diversas proposiciones secundarias, que ahora paso a detallar...»

Naturalmente, la obra estaba inacabada. Por otra parte, el teckel se dormía antes de que el caniche acabara su discurso; pero algunos indicios debían indicar que detentaba la verdad, y que ésta podía expresarse en unas cuantas y sobrias frases. En fin, yo era joven, me estaba divirtiendo. Todo esto era antes de Véronique; eran los buenos tiempos. Recuerdo que a los diecisiete años, mientras yo expresaba opiniones contradictorias y confusas sobre el mundo, una mujer de unos cincuenta años que encontré en un bar Corail me dijo: «Ya verás, al envejecer las cosas se vuelven muy sencillas.» ¡Cuánta razón tenía!

8

RETORNO A LAS VACAS

El tren llegó a La Roche-sur-Yon a las cinco cincuenta y dos, con un frío que calaba hasta los huesos. La ciudad estaba silenciosa, en calma; en una calma perfecta. «¡Bueno!», me dije, «ésta es mi oportunidad de dar un paseíto por el campo...»

Caminé por las calles desiertas, o casi desiertas, de una zona de chalets. Al principio intenté comparar las características de las casas, pero era bastante difícil; todavía no había amanecido; lo dejé rápidamente.

Algunos habitantes, a pesar de la hora matinal, ya estaban levantados; me miraban pasar desde los garajes. Parecían preguntarse qué estaba haciendo yo allí. Si me hubieran abordado, me habría costado mucho contestarles. En efecto, nada justificaba mi presencia allí. Ni en ninguna otra parte, a decir verdad.

Después llegué al campo propiamente dicho. Había cercados, y vacas en los cercados. Un leve azuleo anunciaba la proximidad del alba.

Miré las vacas. Casi ninguna dormía, ya habían empezado a pacer. Me dije que estaban en lo cierto; debían de tener frío, mejor hacer un poco de ejercicio. Las observé con benevolencia, sin la menor intención de perturbar su tranquilidad matinal. Algunas se acercaron hasta la valla, sin mugir, y me miraron. Ellas también me dejaban tranquilo. Estaba bien.

Más tarde me dirigí a la Dirección Provincial de Agricultura. Tisserand ya estaba allí; me dio un apretón de manos sorprendentemente caluroso.

El director nos esperaba en su despacho. Enseguida demostró ser un tipo bastante simpático; saltaba a la vista que era de buena pasta. Por el contrario, era totalmente impermeable al mensaje tecnológico que teníamos que comunicarle. La informática, nos dijo con franqueza, le traía sin cuidado. No tenía ningunas ganas de cambiar sus hábitos de trabajo por el placer de pasar por moderno. Las cosas van bien como van, y seguirán yendo así, por lo menos mientras él esté a cargo. Si ha aceptado nuestra visita es para evitar problemas con el Ministerio, pero en cuanto nos vayamos meterá el programa en un armario y no lo volverá a tocar.

En estas condiciones, las clases de formación iban a ser una amable broma, una manera de discutir para pasar el tiempo. Eso no me molestaba en absoluto.

Durante los días siguientes, me doy cuenta de que Tisserand empieza a desinflarse. Después de Navidad se va a esquiar a un club de jóvenes; del tipo «prohibido a los dinosaurios», con bailes por la noche y desayunos tardíos; en resumen, del tipo donde uno folla. Pero habla de la perspectiva sin entusiasmo; veo que ya no se lo cree. De vez en cuando, tras las gafas, su mirada flota sobre mí. Parece hechizado. Conozco la sensación; sentí lo mismo hace dos años, justo después de separarme de Véronique. Tienes la impresión de que puedes rodar por el suelo, cortarte las venas con una hoja de afeitar o masturbarte en el metro sin que nadie te preste atención, sin que nadie mueva una ceja. Como si una película transparente, inviolable y perfecta te protegiera del mundo. Además, Tisserand me lo dijo el otro día (había bebido): «Tengo la impresión de ser un muslo de pollo envuelto en celofán en el estante de un supermercado.» Y añadió: «Tengo la impresión de ser una rana en un tarro; además me parezco a una rana, ¿verdad?» Le contesté suavemente, con un tono de reproche: «Raphaël...» Se sobresaltó; era la primera vez que lo llamaba por su nombre. Perdió la serenidad, y no dijo nada más.

Al día siguiente, en el desayuno, se quedó mirando mucho tiempo su tazón de Nesquik; y luego, con una voz casi soñadora, suspiró: «¡Joder, tengo veintiocho años y sigo siendo virgen!...» A pesar de todo, me sorprendí; entonces me explicó que un resto de orgullo le había impedido siempre *ir de putas*. Se lo reproché; quizás con demasiada energía, porque me volvió a explicar su punto de vista esa misma noche, justo antes de regresar a París para el fin de semana. Estábamos en el aparcamiento de la Dirección Provincial de Agricultura; las farolas daban un halo de luz amarillenta bastante desagradable; el aire era húmedo y frío. Dijo: «Mira, he hecho cálculos; podría pagarme una puta por semana; los sábados por la noche estaría bien. A lo mejor acabo haciéndolo. Pero sé que algunos hombres pueden tener lo mismo gratis, *y además con amor*. Prefiero intentarlo; de momento, prefiero seguir intentándolo.»

No pude contestarle, claro; pero volví al hotel bastante pensativo. Definitivamente, me decía, no hay duda de que en nuestra sociedad el sexo representa un segundo sistema de diferenciación, con completa independencia del dinero; y se comporta como un sistema de diferenciación tan implacable, al menos, como éste. Por otra parte, los efectos de ambos sistemas son estrictamente equivalentes. Igual que el liberalismo económico desenfrenado, y por motivos análogos, el liberalismo sexual produce fenómenos de *empobrecimiento absoluto*. Algunos hacen el amor todos los días; otros cinco o seis veces en su vida, o nunca. Algunos hacen el amor con docenas de mujeres; otros con ninguna. Es lo que se llama la «ley del mercado». En un sistema económico que prohíbe el despido libre, cada cual consigue, más o menos, encontrar su hueco. En un sistema sexual que prohíbe el adulterio, cada cual se las arregla, más o menos, para encontrar su compañero de cama. En un sistema económico perfectamente liberal, algunos acumulan considerables fortunas; otros se hunden en el paro y la miseria. En un sistema sexual perfectamente liberal, algunos tienen una vida

sobre todo, por las dificultades que tenía para comprarse una cama. Había decidido la compra hacía meses; pero no conseguía concretar el proyecto. Por lo general, la gente contaba la anécdota con una leve sonrisa irónica; sin embargo no es cosa de risa; comprarse una cama, en nuestros días, presenta sin duda considerables dificultades, y hay motivos para llegar al suicidio. Para empezar hay que prever la entrega y por lo tanto, en general, tomarse medio día libre, con todos los problemas que eso conlleva. A veces los repartidores no aparecen, o bien no consiguen subir la cama por la escalera, y uno corre el riesgo de tener que pedir otra media jornada libre. Estas dificultades se reproducen con todos los muebles y aparatos electrodomésticos, y la acumulación de preocupaciones que se derivan de esta situación puede ya desquiciar seriamente a un ser sensible. Pero, entre todos los muebles, la cama plantea un problema especial y doloroso. Si uno no quiere perder el respeto del vendedor está obligado a comprar una cama doble, aunque no le vea la utilidad y tenga o no sitio para ponerla. Comprar una cama individual es confesar públicamente que uno no tiene vida sexual, y que no cree que la tendrá en un futuro ni cercano ni lejano (porque las camas, en nuestros días, duran mucho tiempo, mucho más que el período de garantía; es cosa de cinco, diez, incluso veinte años; es una seria inversión, que compromete prácticamente durante el resto de la vida; las camas duran, por término medio, mucho más que los matrimonios, la gente lo sabe perfectamente). Incluso si compras una cama de 140 pasas por pequeñoburgués mezquino y tacaño; a ojos de los vendedores, la cama de 160 es la única que vale la pena comprar; y entonces mereces su respeto, su consideración, incluso una ligera sonrisa de complicidad; sólo te dan estas cosas con la cama de 160.

La tarde de la muerte de Gérard Leverrier, su padre le llamó por teléfono al trabajo; como no estaba en su despacho, Véronique cogió el recado. Consistía, simplemente, en que llamara a su padre con la mayor urgencia; y a ella se le olvidó transmitirlo. Así que Gérard Leverrier volvió a su casa a las seis, sin haberse enterado del recado, y se disparó una bala en la cabeza. Véronique me lo contó la noche del día en que se enteraron de su muerte en la Asamblea Nacional; añadió que «le tocaba un poco las pelotas»; ésas fueron sus palabras. Pensé que iba a sentir una especie de culpabilidad, de remordimiento; en absoluto: al día siguiente se le había olvidado todo.

Véronique estaba «en análisis», como suele decirse; ahora me arrepiento de haberla conocido. Hablando en general, no hay nada que sacar de las mujeres en análisis. Una mujer que cae en manos de un psicoanalista se vuelve inadecuada para cualquier uso, lo he comprobado muchas veces. No hay que considerar este fenómeno un efecto secundario del psicoanálisis, sino simple y llanamente su efecto principal. Con la excusa de reconstruir el yo los psicoanalistas proceden, en realidad, a una escandalosa destrucción del ser humano. Inocencia, generosidad, pureza... trituran todas estas cosas entre sus manos groseras. Los psicoanalistas, muy bien remunerados, pretenciosos y estúpidos, aniquilan definitivamente en sus supuestos pacientes cualquier aptitud para el amor, tanto mental como físico; de hecho, se comportan como verdaderos enemigos de la humanidad. Implacable escuela de egoísmo, el psicoanálisis ataca con el mayor cinismo a chicas estupendas pero un poco perdidas para transformarlas en putas innobles, de un egocentrismo delirante, que ya sólo suscitan un legítimo desagrado. No hay que confiar, en ningún caso, en una mujer que ha pasado por las manos de los psicoanalistas. Mezquindad, egoísmo, ignorancia arrogante, completa ausencia de sentido moral, incapacidad crónica para amar: éste es el retrato exhaustivo de una mujer «analizada».

Tengo que decir que Véronique coincidía, punto por punto, con esta descripción. La quise tanto como pude; lo cual representa mucho amor. Ahora sé que derroché ese amor para nada; habría hecho mejor rompiéndole ambos brazos. No cabe duda de que ella tenía desde siempre, como todas las depresivas, disposición al egoísmo y la falta de ternura; pero el psicoanálisis la transformó de forma irreversible en una verdadera basura, sin tripas ni conciencia; un desperdicio envuelto en papel satinado. Recuerdo que tenía un tablón blanco donde solía apuntar cosas del tipo «guisantes» o «planchado». Una tarde, al volver de la *sesión*, anotó esta frase de Lacan: «Cuanto más desagradable seas, mejor irán las cosas.» Sonreí; y me equivocaba. En aquella fase, la frase no era más que un *programa*; pero Véronique iba a aplicarla punto por punto.

Una noche en que ella no estaba, me tragué un frasco de Largactyl. Luego me entró el pánico y llamé a los bomberos. Tuvieron que llevarme a urgencias, hacerme un lavado de estómago, etc. En resumen, que me faltó un pelo para quedarme en ésa. Y la muy guarra (¿cómo llamarla si no?) ni siquiera fue a verme al hospital. Cuando volví «a casa», si puedo llamarla así, todo lo que se le ocurrió como bienvenida fue que yo era egoísta y lamentable; su interpretación del acontecimiento es que me las había arreglado para causarle preocupaciones añadidas, y ella «ya tenía bastante con sus problemas de trabajo». La repugnante muchachita llegó incluso a decirme que estaba intentando hacerle «un chantaje emocional»; cuando lo pienso, lamento no haberle trinchado los ovarios. En fin, ya es cosa del pasado.

También recuerdo la noche en que llamó a la policía para que me echara de su casa. ¿Por qué «de su casa»? Porque el apartamento estaba a su nombre, y ella pagaba el alquiler más a menudo que yo. Éste es el primer efecto del psicoanálisis: desarrollar en sus víctimas una avaricia y una mezquindad ridículas, casi increíbles. Inútil intentar ir a un café con alguien que se está analizando: inevitablemente empieza a discutir los detalles de la cuenta, y uno acaba teniendo problemas con el camarero. Así que allí estaban aquellos tres policías gilipollas, con sus walkie-talkies y sus aires de conocer la vida mejor que nadie. Yo estaba en pijama y temblaba de frío; me había agarrado, bajo el mantel, a las patas de la mesa; estaba decidido a que me llevaran a la fuerza. Mientras tanto, la muy petarda les enseñaba facturas de alquiler para establecer sus derechos sobre el lugar; probablemente esperaba que sacaran las porras. Esa misma tarde había tenido «sesión», había repuesto todas sus reservas de bajeza y de egoísmo; pero yo no cedí, reclamé una investigación suplementaria, y aquellos estúpidos policías tuvieron que abandonar la casa. Por lo demás, al día siguiente me marché para siempre.

9

LA RESIDENCIA DE LOS BUCANEROS

De pronto, me fue indiferente no ser moderno.

ROLAND BARTHES

El sábado por la mañana temprano encuentro un taxi en la plaza de la Estación, que accede a llevarme a Sables-d'Olonne.

Al salir de la ciudad atravesamos sucesivas capas de niebla y luego, tras la última, nos zambullimos en un lago de bruma opaca, absoluta. La carretera y el paisaje están completamente sumergidos. No se distingue nada, salvo de vez en cuando un árbol o una vaca que emergen de forma temporal, indecisa. Es muy hermoso.

Al llegar a la orilla del mar el tiempo se despeja bruscamente, de golpe. Hay viento, mucho viento, pero el cielo está casi azul; las nubes se mueven con rapidez hacia el este. Salgo del 504 después de darle una propina al taxista, lo que me vale un «Que tenga un buen día» dicho un poco a regañadientes, me parece. Supongo que cree que voy a pescar cangrejos, o algo por el estilo.

Al principio, paseo a lo largo de la playa. El mar

está gris, un poco agitado. No siento nada de particular. Sigo andando durante mucho tiempo.

A eso de las once empieza a aparecer gente, con niños y perros. Giro en dirección opuesta.

Al final de la playa de Sables-d'Olonne, en la prolongación del malecón que cierra el puerto, hay algunas casas antiguas y una iglesia románica. Nada espectacular: son edificios de piedra robusta, toscos, hechos para resistir las tempestades y que resisten las tempestades desde hace cientos de años. Es fácil imaginar la vida que llevaban aquí los pescadores, con las misas de domingo en la pequeña iglesia, la comunión de los fieles cuando el viento sopla fuera y el océano se estrella contra las rocas de la costa. Una vida sin distracciones y sin historias, dominada por una labor difícil y peligrosa. Una vida sencilla y rústica, con mucha nobleza. Y también una vida bastante estúpida.

A unos pasos de esas casas hay residencias modernas, blancas, destinadas a los veraneantes. Todo un conjunto de edificios de diez a veinte pisos de altura. Los edificios se alzan en una explanada de varios niveles, y el inferior se ha convertido en aparcamiento. Caminé durante mucho rato de un edificio al siguiente, lo que me permite afirmar que la mayoría de los apartamentos deben de tener vistas al mar gracias a distintos trucos arquitectónicos. En esta estación no había ni un alma, y los silbidos del viento que se colaba entre las estructuras de hormigón tenían algo definitivamente siniestro.

Después me dirigí a una residencia más reciente

y más lujosa, situada esta vez muy pegada al mar, a pocos metros. Se llamaba Residencia de los Bucaneros. Los bajos se los repartían un supermercado, una pizzería y una discoteca; los tres estaban cerrados. Un cartel invitaba a visitar el apartamento piloto.

Esta vez me sentí invadido por una sensación desagradable. Imaginar una familia de veraneantes volviendo a la Residencia de los Bucaneros para luego comerse un escalope con salsa pirata en un local del tipo El Viejo Cabo de Hornos me parecía un poco irritante; pero no podía impedirlo.

Un poco más tarde me entró hambre. Junto al puesto de un vendedor de barquillos simpaticé con un dentista. En fin, simpatizar es mucho decir; digamos que cruzamos unas palabras mientras esperábamos que volviera el vendedor. No sé por qué me contó que era dentista. En general, aborrezco a los dentistas; los tengo por criaturas básicamente venales cuya única meta en la vida es arrancar el mayor número de dientes posible para comprarse un Mercedes con techo solar. Y éste no parecía ser una excepción.

De modo un poco absurdo, creí necesario justificar mi presencia, una vez más, y le conté toda una historia sobre mi intención de comprar un apartamento en la Residencia de los Bucaneros. Enseguida desperté su interés; sopesó los pros y los contras, barquillo en mano, durante mucho tiempo, y al final concluyó que la inversión le parecía «válida». Tendría que habérmelo imaginado.

10

L'ESCALE

¡Ah, sí, tener valores!...

De regreso en La Roche-sur-Yon, compré un cuchillo de cocina en el Uniprix; empezaba a tener un esbozo de plan.

El domingo fue inexistente; el lunes especialmente sombrío. Sabía, sin necesidad de preguntárselo, que Tisserand había pasado un fin de semana lamentable; eso no me sorprendía en absoluto. Estábamos ya a 22 de diciembre.

Al día siguiente, por la noche, fuimos a cenar a una pizzería. El camarero, desde luego, tenía aspecto de italiano; parecía peludo y encantador; me causó un asco profundo. Además sirvió nuestros respectivos platos de espaguetis deprisa y corriendo, sin verdadera atención. ¡Ah, si hubiésemos llevado faldas abiertas al costado habría sido otra cosa!...

Tisserand bebía un vaso de vino tras otro; yo hablaba de las diferentes tendencias en la música de baile contemporánea. Él no contestaba; creo que ni me escuchaba siquiera. Sin embargo, cuando describí en una frase la antigua alternancia del rock y las canciones lentas, para subrayar el carácter rígido que había impuesto a los procedimientos de seducción, su interés revivió (¿habría tenido alguna vez, a título personal, la ocasión de bailar una canción lenta? Era poco probable). Pasé al ataque:

–Supongo que harás algo en Navidad. Con la familia, a lo mejor...

–No hacemos nada en Navidad. Soy judío –me dijo con una pizca de orgullo–. Bueno, mis padres son judíos –precisó con más sobriedad.

Esta revelación me desarmó durante unos segundos. Pero al fin y al cabo, judío o no judío, ¿cambiaba algo? Si así era, yo me sentía incapaz de ver el qué. Continué.

–¿Y si hacemos algo la noche del 24? Conozco una discoteca en Sables, L'Escale. Muy agradable...

Tenía la sensación de que mis palabras sonaban a falso; estaba avergonzado. Pero Tisserand ya no estaba en condiciones de prestar atención a tales sutilezas. «¿Tú crees que habrá gente? Me da la impresión de que el 24 es más bien cosa de familia...», fue su pobre, su patética objeción. Concedí que, desde luego, el 31 habría sido mucho mejor: «A las chicas les encanta *acostarse* el 31», afirmé con autoridad. Pero el 24, para eso, tampoco era de despreciar: «Las chicas comen ostras con los padres y la abuela, abren los regalos; pero a partir de medianoche salen a bailar.» Me estaba animando, me creía mi propia historia; Tisserand resultó, como había previsto, fácil de convencer.

La noche siguiente, tardó más de tres horas en prepararse. Le esperé jugando al dominó, solo, en el vestíbulo del hotel; jugaba contra sí mismo, era muy aburrido; sin embargo me sentía un poco angustiado.

Apareció con un traje negro y una corbata dorada; el pelo tenía que haberle dado mucho trabajo; ahora hacen geles que dan resultados sorprendentes. A fin de cuentas, un traje negro era lo que mejor le sentaba; pobre muchacho.

Todavía teníamos que matar una hora, más o menos; no servía de nada ir a la discoteca antes de las once y media, en este punto me mantuve firme. Tras una rápida discusión, dimos una vuelta por la Misa de Gallo: el cura hablaba de una inmensa esperanza que había nacido en el corazón de los hombres; a esto yo no tenía nada que objetar. Tisserand se aburría, pensaba en otra cosa; yo empezaba a sentirme un poco asqueado, pero tenía que aguantar. Había puesto el cuchillo de cocina en una bolsa de plástico, en la parte delantera del coche.

Encontré L'Escale sin problemas; hay que decir que allí había pasado noches muy malas. Hacía ya más de diez años; pero los malos recuerdos desaparecen más despacio de lo que uno cree.

La discoteca estaba medio llena; sobre todo gente de quince a veinte años, cosa que acababa desde el principio con las modestas posibilidades de Tisserand. Muchas minifaldas, camisetas escotadas; en resumen, carne fresca. Vi sus ojos desorbitarse bruscamente al recorrer la pista de baile; yo me acerqué a la barra para pedir un bourbon. Cuando volví él ya estaba, vacilante, en el límite de la nebulosa de los que bailaban. Murmuré vagamente «Te veo dentro de un rato» y me dirigí a una mesa que, al estar colocada un poco por encima de las otras, me ofrecería una excelente vista del teatro de operaciones.

Al principio, Tisserand pareció interesarse por una morena de unos veinte años, probablemente una secretaria. Estuve tentado de aprobar la elección. Por una parte la chica no era excepcionalmente guapa, y por lo tanto nadie le haría mucho caso; sus pechos, aunque de buen tamaño, ya colgaban un poco, y las nalgas parecían blandas; estaba claro que dentro de algunos años todo aquello se desplomaría por completo. Por otra parte su ropa, muy audaz, subrayaba sin ambigüedades su intención de encontrar un compañero sexual: el vestido, de tafetán ligero, caracoleaba con cada movimiento, revelando un liguero y unas minúsculas bragas de encaje negro que dejaban el trasero completamente al aire. Su cara seria, un poco obstinada, parecía indicar un carácter prudente; era una chica que sin duda llevaba preservativos en el bolso.

Durante unos minutos Tisserand bailó cerca de ella, extendiendo vivamente los brazos para indicar el entusiasmo que le transmitía la música. Dos o tres veces llegó incluso a dar una palmada; pero la chica no parecía haberlo visto. Aprovechando una breve pausa musical, él tomó la iniciativa de dirigirle la palabra. Ella se volvió, le echó una mirada de desprecio y atravesó la pista de parte a parte para alejarse de él. No tenía remedio.

Todo iba como estaba previsto. Fui a la barra a pedir un segundo bourbon.

Cuando regresé, me di cuenta de que algo había cambiado. Había una chica sentada en la mesa contigua a la mía, sola. Era mucho más joven que Véronique, tendría diecisiete años; pero aun así se le parecía horriblemente. Llevaba un vestido muy sencillo, más bien suelto, que no señalaba las formas del cuerpo; éstas no lo necesitaban para nada. Las caderas anchas, las nalgas lisas y firmes; la flexibilidad de la cintura que lleva las manos hasta los senos redondos, amplios y suaves; las manos que se posan con confianza en la cintura, abrazando la noble rotundidad de las caderas. Conocía todo eso; me bastaba cerrar los ojos para recordarlo. Hasta el rostro, lleno y cándido, que expresa la serena seducción de la mujer natural, segura de su belleza. La tranquila serenidad de la joven potranca, alegre por demás, pronta a probar sus miembros en un galope rápido. La tranquila serenidad de Eva, enamorada de su propia desnudez, sabiéndose, desde luego, eternamente deseable. Me di cuenta de que dos años de separación no habían borrado nada; vacié el bourbon de un trago. En ese momento volvió Tisserand; sudaba un poco. Me dirigió la palabra. Creo que quería saber si yo tenía intención de intentar algo con la chica. No le contesté; empezaba a tener ganas de vomitar, y se me había puesto dura; no andaba nada bien. Dije: «Perdóname un momento...» y atravesé la discoteca en dirección a los aseos. Una vez encerrado me metí dos dedos en la garganta, pero la cantidad de vómito fue escasa y decepcionante. Luego me masturbé, con más éxito: al principio pensaba un poco en Véronique, claro, pero me concentré en las vaginas en general y la cosa se calmó. La eyaculación llegó al cabo de dos minutos, y me trajo confianza y certidumbre.

Al volver, vi que Tisserand había empezado a hablar con la falsa Véronique; ella le miraba con serenidad y sin asco. Esa niña era una maravilla, estaba íntimamente convencido; pero no era grave, ya me había masturbado. Desde el punto de vista amoroso Véronique pertenecía, como todos nosotros, a una *generación sacrificada*. Había sido, desde luego, capaz de amar; le habría gustado seguir siéndolo, se lo concedo; pero ya no era posible. Fenómeno raro, artificial y tardío, el amor sólo puede nacer en condiciones mentales especiales, que pocas veces se reúnen, y que son de todo punto opuestas a la libertad de costumbres que caracteriza la época moderna. Véronique había conocido demasiadas discotecas y demasiados amantes; semejante modo de vida empobrece al ser humano, infligiéndole daños a veces graves y siempre irreversibles. El amor como inocencia y como capacidad de ilusión, como aptitud para resumir el conjunto del otro sexo en un solo ser amado, rara vez resiste un año de vagabundeo sexual, y nunca dos. En realidad, las sucesivas experiencias sexuales acumuladas en el curso de la adolescencia minan y destruyen con toda rapidez cualquier posibilidad de proyección de orden sentimental y novelesca; poco a poco, y de hecho bastante deprisa, se vuelve uno tan capaz de amar como una fregona vieja. Y desde ese momento uno lleva, claro, una vida de fregona; al envejecer se vuelve menos seductor, y por lo tanto amargado. Uno envidia a los jóvenes, y por tanto los odia. Este odio, condenado a ser inconfesable, se envenena y se vuelve cada vez más ardiente; luego se mitiga y se extingue, como se extingue todo. Y sólo quedan la amargura y el asco, la enfermedad y esperar la muerte.

En la barra, conseguí sacarle al camarero una botella de bourbon por setecientos francos. Al darme la vuelta, tropecé con un joven electricista de dos metros. Me dijo: «¡Vaya, parece que no estás muy bien!» con un tono más bien amistoso; yo contesté: «La dulce miel de la ternura humana...» mirándolo desde abajo. Vi mi cara en el espejo; tenía un rictus francamente desagradable. El electricista meneó la cabeza con resignación; yo empecé a cruzar la pista de baile, con la botella en la mano; justo antes de llegar a mi destino tropecé con una cajera y me fui al suelo. Nadie me levantó. Veía las piernas de los que bailaban agitarse sobre mí; me daban ganas de cortarlas a golpes de hacha. Los focos eran de una violencia insoportable; estaba en el infierno.

Un grupo de chicos y chicas se había sentado en nuestra mesa; debían de ser compañeros de clase de la falsa Véronique. Tisserand no soltaba su presa, pero la cosa empezaba a superarle; poco a poco se dejaba excluir del campo de conversación, era más que evidente; y cuando uno de los chicos propuso pagar una ronda en la barra, ya estaba implícitamente fuera. Sin embargo esbozó el gesto de levantarse, intentó atraer la mirada de la falsa Véronique; inútil. Cambió de opinión y se dejó caer con brusquedad en la banqueta; completamente encogido sobre sí mismo, ni siquiera se daba ya cuenta de mi presencia; yo me llené otro vaso.

La inmovilidad de Tisserand duró algo más de un minuto; después hubo un sobresalto, sin duda imputable a eso que se ha dado en llamar «la energía de la desesperación». Se volvió a levantar con brutalidad, me rozó camino de la pista de baile; tenía la cara sonriente y decidida; sin embargo, seguía siendo igual de feo.

Sin pensárselo dos veces, se plantó delante de una nenita de quince años, rubia y muy sexy. Ella llevaba un vestido corto y muy fino, de un blanco inmaculado; el sudor se lo había pegado al cuerpo, y era evidente que no llevaba nada debajo; su culito redondo estaba moldeado con una precisión perfecta; se veían con toda claridad, duras por la excitación, las areolas oscuras de los pechos; el discjockey acababa de anunciar un cuarto de hora retro.

Tisserand la invitó a bailar el rock; cogida un poco por sorpresa, ella aceptó. Desde los primeros compases de *Come on everybody* me di cuenta de que él empezaba a patinar. Balanceaba a la chica con brutalidad, sin dejar de apretar los dientes, con mala cara; cada vez que la atraía hacia sí aprovechaba para plantarle la mano en el culo. Poco después de las primeras notas, la niña se precipitó hacia un grupo de chicas de su edad. Tisserand se quedó en medio de la pista, con aire terco; babeaba un poco. La chica lo señalaba mientras hablaba con sus amigas; éstas resoplaban de risa mirándolo.

En ese momento, la falsa Véronique volvió de la barra con su grupo de amigos; había emprendido una animada conversación con un chico negro, o más bien mestizo. Él era un poco mayor que ella; calculé que podría tener veinte años. Se sentaron cerca de nuestra mesa; cuando pasaron, le hice a la falsa Véronique un pequeño gesto amistoso con la mano. Me miró con sorpresa, pero no reaccionó.

Tras el segundo rock, el disc-jockey puso una canción lenta. Era *Le Sud,* de Nino Ferrer; una canción magnífica, hay que reconocerlo. El mestizo tocó levemente el hombro de la falsa Véronique; ambos se levantaron de común acuerdo. En ese momento, Tisserand se volvió y le plantó cara. Abrió las manos, abrió la boca, pero no creo que tuviera tiempo de hablar. El mestizo le apartó tranquilamente, con suavidad, y en unos segundos estuvieron en la pista de baile.

Formaban una pareja magnífica. La falsa Véronique era bastante alta, quizás un metro setenta, pero él le llevaba una cabeza. Ella aplastó el cuerpo, confiada, contra el cuerpo del tipo. Tisserand se volvió a sentar a mi lado; temblaba de pies a cabeza. Miraba a la pareja, hipnotizado. Esperé casi un minuto; esta canción, según recordaba, era interminable. Después le sacudí suavemente el hombro repitiendo: «Raphaël...»

–¿Qué puedo hacer? –preguntó.

–Ve a sacudírtela.

–¿Crees que se ha jodido?

–Claro. Se jodió hace tiempo, al principio. Raphaël, tú nunca serás el sueño erótico de una chica. Tienes que hacerte cargo; esas cosas no son para ti. De todas formas, ya es demasiado tarde. El fracaso sexual que has tenido desde tu adolescencia, Raphaël, la frustración que te persigue desde los trece años, ya han dejado en ti una marca imborrable. Incluso suponiendo que pudieras conseguir a alguna mujer a partir de ahora –cosa que, con toda franqueza, no creo que vaya a suceder–, no será bastante; ya nada será nunca bastante. Siempre serás huérfano de esos amores adolescentes que no tuviste. En ti la herida ya es muy dolorosa; pero lo será cada vez más. Una amargura atroz, sin remisión, que terminará inundándote el corazón. Para ti no habrá ni redención ni liberación. Así son las cosas. Pero esto no quiere decir que no tengas ninguna posibilidad de revancha. Tú también puedes poseer a esas mujeres que tanto deseas. Incluso puedes poseer lo más valioso que hay en ellas. ¿Qué es lo más valioso que hay en ellas, Raphaël?

–¿Su belleza?... –aventuró.

–No es su belleza, desengáñate; ni tampoco es su vagina, ni siquiera su amor; porque todo eso desaparece con la vida. Y desde ahora tú puedes poseer su vida. Lánzate desde esta noche a la carrera del crimen; créeme, amigo mío, es la única posibilidad que te queda. Cuando sientas a esas mujeres temblar bajo la punta del cuchillo y suplicar por su juventud, tú serás el amo; las poseerás en cuerpo y alma. A lo mejor hasta consigues arrancarles, antes del sacrificio, alguna caricia sabrosa; un cuchillo, Raphaël, es un aliado considerable.

Él seguía mirando a la pareja abrazada que giraba despacio en la pista; una mano de la falsa Véronique apretaba la cintura del mestizo, la otra descansaba en su hombro. En voz baja, casi con timidez, me dijo: «Preferiría matar al tipo...»; entonces me di cuenta de que había ganado; me relajé bruscamente y llené los vasos.

–¡Bueno! –exclamé–. ¿Y qué te lo impide?... ¡Pues claro! ¡Estrénate con un negro!... De todos modos se van a ir juntos, han cerrado el trato. Desde luego, tendrás que matar al tipo antes de llegar al cuerpo de la mujer. Por lo demás, tengo un cuchillo en la parte delantera del coche.

Diez minutos después, en efecto, se fueron juntos. Me levanté, agarrando la botella al marcharme; Tisserand me siguió con docilidad.

Fuera, la noche era extrañamente suave, casi cálida. Hubo un breve conciliábulo en el aparcamiento entre la chica y el negro; se dirigieron a un scooter. Me instalé en el asiento delantero del coche y saqué el cuchillo de la bolsa; los dientes relucían que daba gusto bajo la luna. Antes de montarse en el scooter, ellos se besaron durante mucho rato; era hermoso y muy tierno. A mi lado, Tisserand no dejaba de temblar; yo tenía la sensación de oler el esperma podrido que volvía a hincharle el sexo. Jugando nerviosamente con el cuadro de mandos, dio un aviso con los faros; la chica guiñó los ojos. Entonces se decidieron a marcharse; nuestro coche arrancó con suavidad tras ellos. Tisserand me preguntó:

–¿Dónde irán a acostarse?

–Supongo que a casa de los padres de la chica; es lo más normal. Pero hay que detenerlos antes. En cuanto lleguemos a una carretera secundaria, arrollamos al scooter. Seguramente se quedarán un poco atontados; no te costará nada rematar al tipo.

El coche corría con suavidad por la carretera de la costa; delante, a la luz de los faros, la chica abrazaba la cintura de su compañero. Tras un silencio, dije:

–También podríamos atropellarlos, para más seguridad.

–No parece que sospechen nada... –observó él con voz soñadora.

Bruscamente, el scooter se desvió a la derecha por un camino que conducía al mar. Eso no estaba previsto; le dije a Tisserand que redujera la velocidad. La pareja se detuvo un poco más lejos; vi que el tipo se tomaba el trabajo de poner el antirrobo antes de llevarse a la chica hacia las dunas.

Cuando cruzamos la primera fila de dunas, lo entendí mejor. El mar se extendía a nuestros pies, casi quieto, formando una inmensa curva; la luz de la luna llena jugaba dulcemente en la superficie. La pareja se alejaba hacia el sur, bordeando la orilla del agua. La temperatura del aire era cada vez más suave, anormalmente suave; parecía el mes de junio; en tales condiciones, claro, lo entendía: hacer el amor a la orilla del océano, bajo el esplendor de las estrellas; lo entendía demasiado bien; es exactamente lo que yo habría hecho en su lugar. Le tendí el cuchillo a Tisserand; se fue sin decir palabra.

Volví al coche; apoyándome en el capó, me senté en la arena. Bebí a morro unos cuantos tragos de bourbon, luego me senté al volante y acerqué el coche al mar. Era un poco imprudente, pero hasta el ruido del motor me parecía amortiguado, imperceptible; la noche era envolvente y tibia. Tenía unas ganas terribles de rodar recto hacia el océano. La ausencia de Tisserand se prolongaba.

Cuando volvió, no dijo una palabra. Tenía en la mano el largo cuchillo; la hoja brillaba suavemente; yo no veía manchas de sangre en la superficie. De pronto, me sentí un poco triste. Al final, él habló.

–Cuando llegué, estaban entre dos dunas. Él ya le había quitado el vestido y el sujetador. Sus pechos eran tan hermosos, tan redondos a la luz de la luna... Luego ella se dio la vuelta y se acercó a él. Le desabrochó el pantalón. Cuando empezó a chupársela, no pude soportarlo.

Se calló. Yo esperé. El mar estaba inmóvil como un lago.

–Me di la vuelta y empecé a andar entre las dunas. Podría haberlos matado; no oían nada, no me prestaban ninguna atención. Me masturbé. No tenía ganas de matarlos; la sangre no cambia nada.

–La sangre está en todas partes.

–Lo sé. El esperma también está en todas partes. Ya estoy harto. Vuelvo a París.

No me propuso que le acompañara. Yo me levanté y caminé hacia el mar. La botella de bourbon estaba casi vacía; me bebí el último trago. Cuando me volví, la playa estaba desierta; ni siquiera había oído arrancar el coche.

Nunca volví a ver a Tisserand; se mató en el coche esa misma noche, en el viaje de regreso a París. Había mucha niebla en las cercanías de Angers; iba a toda velocidad, como de costumbre. Su 205 GTI chocó de frente contra un camión que había derrapado en mitad de la calzada. Murió en el acto, poco antes del alba. Al día siguiente era fiesta, para celebrar el nacimiento de Cristo; la familia avisó a la empresa tres días más tarde. El entierro ya había tenido lugar, según los ritos; cosa que acabó con cualquier idea sobre coronas o delegaciones. Hubo algunas palabras sobre lo triste que era aquella muerte y las dificultades de conducir con niebla, luego volvimos al trabajo, y eso fue todo.

Por lo menos, me dije al enterarme de su muerte, luchó hasta el final. El club de jóvenes, las vacaciones de esquí... Por lo menos no abdicó, no tiró la toalla. Hasta el final, y a pesar de los fracasos, buscó el amor. Sé que, aun aplastado entre los hierros de su 205 GTI, ensangrentado, con su traje negro y su corbata dorada, en la autopista casi desierta, seguía presentando batalla en el corazón, el deseo y la voluntad de la batalla.

Tercera parte

1

¡Ah, era en segundo grado! *Ya podemos respirar...*

Cuando Tisserand se fue, dormí mal; supongo que me masturbé. Cuando me desperté todo estaba pegajoso, la arena estaba húmeda y fría; me sentí absolutamente harto. Lamentaba que Tisserand no hubiera matado al negro; amanecía.

Me encontraba a kilómetros de distancia de cualquier lugar habitado. Me levanté y me puse en camino. ¿Qué iba a hacer si no? Los cigarrillos estaban empapados, pero todavía se podían fumar.

Cuando llegué a París encontré una carta de la asociación de antiguos alumnos de mi escuela de ingenieros; me proponía que comprara alcohol y *foie-gras* para las fiestas a un precio excepcional. Me dije que habían hecho el *mailing* con un retraso imperdonable.

Al día siguiente no fui a trabajar. Sin un motivo concreto; sencillamente, no tenía ganas. En cuclillas sobre la moqueta, hojeé catálogos de venta por correo. En un folleto editado por las Galerías Lafayette encontré una interesante descripción de los seres humanos, bajo el título «Los actuales»:

«*Tras una jornada llena de acontecimientos, se instalan en un mullido sofá de líneas sobrias* (Steiner, Rosset, Cinna). *Al compás de la música de jazz, aprecian el grafismo de las alfombras* Dhurries, *la alegría de los empapelados* (Patrick Frey). *Las toallas les esperan en el cuarto de baño* (Yves Saint-Laurent, Ted Lapidus), *en un maravilloso decorado. Y delante de una cena entre amigos, preparada en una cocina de* Daniel Hechter *o* Primrose Bordier, *crean otra vez el mundo.*»

El viernes y el sábado no hice gran cosa; digamos que estuve meditando, si es que a eso se le puede dar un nombre. Recuerdo haber pensado en el suicidio, en su paradójica utilidad. Metamos un chimpancé en una jaula demasiado pequeña, cerrada por cruceros de hormigón. El animal se vuelve loco furioso, se arroja contra las paredes, se arranca los pelos, se inflige a sí mismo crueles mordiscos, y en el 73% de los casos acaba matándose. Ahora hagamos una abertura en una de las paredes, y coloquémosla al borde de un precipicio sin fondo. Nuestro simpático cuadrúmano de referencia se acerca al borde, mira hacia abajo, se queda mucho tiempo allí, vuelve muchas veces, pero por lo general no perderá el equilibrio, y, en cualquier caso, su irritación se calmará de modo radical.

Mi meditación sobre los chimpancés se prolongó hasta muy avanzada la noche del sábado al domingo, y terminé por esbozar una fábula de animales titulada *Diálogos entre un chimpancé y una cigüeña*, que de hecho constituía un panfleto político inusualmente violento. Hecho prisionero por una tribu de cigüeñas, al principio el chimpancé parecía preocupado, ausente. Una mañana, armándose de valor, pedía ver a la cigüeña más vieja. Conducido ante ella, alzaba vivamente los brazos al cielo y pronunciaba este discurso desesperado:

«De todos los sistemas económicos y sociales el capitalismo es, sin duda, el más natural. Eso ya basta para indicar que es el peor. Una vez llegados a esta conclusión sólo nos queda desarrollar un aparato argumental operacional y no sesgado, es decir, cuyo funcionamiento mecánico permita, a partir de hechos introducidos al azar, generar múltiples pruebas que refuercen la sentencia preestablecida, un poco como las barras de grafito refuerzan la estructura del reactor nuclear. Se trata de una tarea fácil, digna de un simio muy joven; no obstante, no quisiera pasarla por alto.

»Al producirse la migración del tropel espermático hacia el cuello del útero, fenómeno imponente, respetable y fundamental para la reproducción de las especies, observamos a veces el comportamiento aberrante de ciertos espermatozoides. Miran hacia delante, miran hacia atrás, a veces hasta nadan a contracorriente durante unos segundos, y sus acelerados coletazos parecen traducir un replanteamiento ontológico. Por lo general, si no compensan esta sorprendente indecisión con una velocidad especial, llegan demasiado tarde, y por lo tanto rara vez participan en la gran fiesta de la recombinación genética. Así le ocurrió, en agosto de 1793, a Maximilien Robespierre, arrastrado por el movimiento de la historia como un cristal de calcedonia atrapado en una avalancha en una zona desértica, o mejor aún, como una joven cigüeña de alas todavía débiles, nacida por un azar desafortunado justo antes de la llegada del invierno, y que tiene grandes dificultades –cosa comprensible– para mantener un rumbo correcto al atravesar las turbulencias del aire. Ahora bien, sabemos que cerca de África se forman turbulencias especialmente violentas; pero voy a concretar la idea.

»El día de su ejecución, Maximilien Robespierre tenía la mandíbula rota. La sostenía un vendaje. Justo antes de que pusiera la cabeza bajo la cuchilla, el verdugo le arrancó las vendas; Robespierre lanzó un grito de dolor, la sangre chorreó de la herida, sus dientes rotos se esparcieron por el suelo. Entonces el verdugo alzó el vendaje, como un trofeo, para que lo viera la multitud apretujada en torno al cadalso. La gente reía, le lanzaba pullas.

»Por lo común, al llegar a este punto los cronistas añaden: "La revolución había terminado." Y es rigurosamente exacto.

»Yo quiero creer que, en el preciso momento en que el verdugo blandió el vendaje que chorreaba sangre ante las aclamaciones de la muchedumbre, había en la cabeza de Robespierre algo más que dolor. Algo más que el sentimiento de fracaso. ¿Una esperanza? O, seguramente, la sensación de que había hecho lo que tenía que hacer. Maximilien Robespierre, te adoro.»

La cigüeña más vieja contestaba simplemente, con una voz lenta y terrible: «*Tat twam asi.*» Poco después, la tribu de cigüeñas ejecutaba al chimpancé; moría entre atroces dolores, traspasado y emasculado por sus puntiagudos picos. Al haber puesto en duda el orden del mundo, el chimpancé tenía que morir; la verdad es que era comprensible; la verdad es que las cosas son así.

El domingo por la mañana salí un rato por el barrio; compré una barra de pan con uvas. El día era tibio, pero un poco triste, como suele ser el domingo en París; sobre todo cuando uno no cree en Dios.

2

El lunes siguiente volví al trabajo, un poco a verlas venir. Sabía que mi jefe de sección había cogido vacaciones entre Navidad y Año Nuevo, supongo que para hacer esquí alpino. Tenía la impresión de que no habría nadie, que nadie me haría ni caso, y que me pasaría el día tecleando arbitrariamente en un teclado cualquiera. Desgraciadamente, a eso de las once y media, un tipo me identificó por los pelos. Se me presentó como un nuevo superior jerárquico; no me apetece lo más mínimo dudar de su palabra. Parece más o menos al corriente de mis actividades, aunque de un modo bastante difuso. Además intenta entablar conversación, simpatizar; yo no me presto en absoluto a sus avances.

A mediodía, un poco por desesperación, fui a comer con un ejecutivo comercial y una secretaria de dirección. Estaba dispuesto a charlar con ellos, pero no me dieron ocasión; parecían proseguir una conversación muy antigua:

–Para la radio del coche –atacó el comercial– he comprado, al final, los altavoces de veinte vatios. Los de diez me parecían poco, y los de treinta costaban muchísimo más. Creo que para el coche no merece la pena.

–Yo dije que me montaran cuatro altavoces, dos delante y dos detrás.

El comercial compuso una jocosa sonrisa. Bueno, así estábamos, todo seguía igual.

Pasé la tarde haciendo algunas cosas en mi despacho; de hecho, casi nada. De vez en cuando consultaba la agenda: estábamos a 29 de diciembre. Tenía que hacer algo el 31. La gente siempre hace algo el 31.

Por la noche llamé a SOS Amistad, pero estaba comunicando, como siempre en período de fiestas. Cerca de la una de la madrugada, cogí una lata de guisantes y la estrellé contra el espejo del cuarto de baño. Bonitos añicos. Me corto al recogerlos, y empiezo a sangrar. Me gusta. Es exactamente lo que yo quería.

Al día siguiente llego a mi despacho a las ocho. El nuevo superior jerárquico ya está allí; ¿es que el muy imbécil ha dormido en la oficina? Una niebla sucia, de aspecto desagradable, flota sobre la explanada, entre las torres. Los neones de los despachos por los que van pasando los empleados de limpieza se encienden y se apagan, dando una impresión de vida en cámara lenta. El superior jerárquico me ofrece un café; todavía no ha renunciado a conquistarme, parece. Acepto como un estúpido, lo que me vale que en los siguientes minutos me confíen una tarea más bien delicada: la detección de errores en un *package* que acabamos de venderle al Ministerio de Industria. Parece que hay errores. Me paso dos horas con él, y yo no veo ninguno; aunque la verdad es que tampoco tengo la cabeza en lo que estoy haciendo.

A eso de las diez, nos enteramos de la muerte de Tisserand. Una llamada de la familia, que una secretaria comunica al conjunto del personal. Más tarde nos mandarán una esquela, dice. No consigo creérmelo; se parece demasiado a otro elemento de pesadilla. Pero no: todo es cierto.

Un poco más tarde, recibo una llamada de Catherine Lechardoy. No tiene nada concreto que decirme. «Ya nos volveremos a ver...», se despide; eso me sorprendería un poco.

Salí a mediodía. En la librería de la plaza compré el mapa Michelin número 80 *(Rodez-Albi-Nîmes)*. Al volver al despacho, lo examiné con cuidado. A las cinco llegué a una conclusión: tenía que ir a Saint-Cirgues-en-Montagne. El nombre se desplegaba en un espléndido aislamiento, en mitad de los bosques y de pequeños triángulos que representaban las cimas; no había un solo pueblo en treinta kilómetros a la redonda. Tuve la impresión de que estaba a punto de hacer un descubrimiento esencial; que allí, entre el 31 de diciembre y el 1 de enero, en ese momento en que cambia el año, me esperaba una última revelación. Dejé una nota en mi despacho: «Me voy antes por la huelga de trenes.» Tras pensármelo un poco, dejé una segunda nota que decía, en letras mayúsculas: «ESTOY ENFERMO.» Y regresé a casa, no sin dificultades: la huelga de transportes públicos iniciada por la mañana se había extendido; no funcionaba el metro, sólo algunos autobuses repartidos por las diferentes líneas.

La estación de Lyon estaba prácticamente en estado de sitio; las patrullas de policía acordonaban el vestíbulo de entrada y circulaban a lo largo de los andenes; se decía que grupos de huelguistas «duros» habían decidido impedir todas las salidas. Sin embargo el tren estaba casi vacío, y el viaje fue muy tranquilo.

En Lyon-Perrache habían organizado un impresionante despliegue de autocares en dirección a Morzine, La Clusaz, Courchevel, Val d'Isère... Hacia Ardèche no había nada semejante. Cogí un taxi a Part-Dieu, donde pasé un molesto cuarto de hora revisando un tablón electrónico de anuncios medio roto para al final enterarme de que salía un autobús al día siguiente, a las siete menos cuarto, hacia Aubenas; eran las doce y media de la noche. Decidí pasar esas horas en la estación de autobuses de Lyon-Part-Dieu; creo que me equivoqué. Encima de la estación propiamente dicha hay una estructura hipermoderna de vidrio y acero de cuatro o cinco niveles, unidos por ascensores niquelados que se abren a poco que te acerques; sólo hay tiendas de lujo (perfumería, alta costura, regalos) detrás de los escaparates absurdamente agresivos; nadie que venda cualquier cosa útil. Por todas partes, monitores de vídeo con videoclips y anuncios; y por supuesto, un hilo musical permanente compuesto por el Top 50. De noche, las pandillas de vagabundos y gente sin hogar invade el edificio. Criaturas mugrientas y malvadas, brutales, completamente estúpidas, que viven entre la sangre, el odio y sus propios excrementos. Se apiñan allí de noche, como moscas en torno a la mierda, junto a los desiertos escaparates de lujo. Van en pandillas, porque la soledad en este ambiente resulta casi siempre fatal. Se paran delante de los monitores, absorbiendo sin reaccionar las imágenes publicitarias. A veces se pelean, sacan las navajas. De vez en cuando encuentran un muerto por la mañana, degollado por sus congéneres.

Me pasé la noche errando entre aquellas criaturas. No tenía ningún miedo. Por provocarlos un poco, saqué a la vista de todos, en un cajero automático, todo lo que me quedaba en la VISA. Mil cuatrocientos francos. Un buen botín. Me miraron, me miraron durante mucho rato, pero ninguno intentó hablarme, ni acercarse a menos de tres metros.

A las seis de la mañana renuncié a mi proyecto; a mediodía regresé en un tren de alta velocidad.

La noche del 31 de diciembre va a ser difícil. Siento que se están rompiendo cosas dentro de mí, como paredes de cristal que estallan. Ando como un león enjaulado, rabioso; necesito actuar, pero no puedo hacer nada, porque todas las tentativas me parecen condenadas al fracaso de antemano. Fracaso, fracaso por todas partes. Sólo el suicidio resplandece en lo alto, inaccesible.

A medianoche, siento una especie de sorda alteración; se produce algo interno y doloroso. Ya no entiendo nada.

Clara mejoría el 1 de enero. Mi estado es semejante al embotamiento; no está tan mal.

Por la tarde le pido cita a un psiquiatra. Hay un sistema de citas psiquiátricas urgentes en el Minitel; tú tecleas tu horario, y ellos te recomiendan a un especialista. Muy práctico.

El mío es el doctor Népote. Vive en el distrito sexto; como muchos psiquiatras, creo. Llego a su casa a las siete y media de la tarde. El tipo tiene cara de psiquiatra hasta un punto alucinante. Su biblioteca está impecablemente ordenada, no hay ni máscaras africanas ni una primera edición de *Sexus*; así que no es psicoanalista. Al contrario, parece que está abonado a *Sinapsis*. Todo ello me parece un augurio excelente.

El episodio del viaje fallido a Ardèche parece interesarle. Escarbando un poco, consigue hacerme confesar que mis padres eran de allí. Y se lanza tras la pista: según él, estoy buscando «puntos de referencia». Todos mis desplazamientos, generaliza con mucha audacia, son otras tantas «búsquedas de identidad». Es posible; sin embargo, tengo mis dudas. Es evidente que mis viajes profesionales son obligados, por ejemplo. Pero no quiero discutir. Tiene una teoría, eso es bueno. A fin de cuentas, siempre es mejor tener una teoría.

Después me hace preguntas sobre el trabajo. Es extraño, no lo entiendo; no consigo dar verdadera importancia a sus preguntas. Es evidente que lo que está en juego no va por ahí.

Él concreta la idea hablándome de las «posibilidades de relación social» que ofrece el trabajo. Ante su ligera sorpresa, me echo a reír a carcajadas. Me vuelve a citar para el lunes.

Al día siguiente llamo a la empresa para decir que tengo una «pequeña recaída». Creo que les importa tres leches.

Fin de semana sin novedades; duermo mucho. Me asombra tener sólo treinta años; me siento mucho más viejo.

3

El primer incidente, el lunes siguiente, se produce a las dos de la tarde. Vi al tipo llegar desde bastante lejos, me sentí un poco triste. El hombre me gustaba, era un tipo amable, bastante desgraciado. Sabía que estaba divorciado, que llevaba bastante tiempo viviendo solo con su hija. También sabía que bebía demasiado. No tenía ninguna gana de mezclarlo en todo esto.

Se acercó a mí, me saludó y me pidió información sobre un programa que al parecer yo debía conocer. Estallé en sollozos. Él se retiró enseguida, estupefacto, un poco asustado; creo que hasta me pidió disculpas. No tenía ninguna necesidad de disculparse, el pobre.

Está claro que tendría que haberme ido en ese momento; estábamos solos en el despacho, no había testigos, la cosa podía arreglarse de forma relativamente decente.

El segundo incidente se produjo cerca de una

hora más tarde. Esta vez, el despacho estaba lleno de gente. Entró una chica, lanzó una mirada desaprobadora a los reunidos y al final decidió dirigirse a mí para decirme que fumaba demasiado, que era insoportable, que desde luego no tenía la menor consideración con los demás. Le repliqué con un par de bofetadas. Ella me miró, desconcertada. Desde luego, no estaba acostumbrada; yo me temía que no hubiera recibido suficientes bofetadas cuando era pequeña. Por un momento me pregunté si me las iba a devolver; sabía que si lo hacía me echaría a llorar de inmediato.

Hubo una pausa y después ella dijo: «Bueno...», con la mandíbula inferior colgando tontamente. Para entonces todo el mundo se había vuelto a mirarnos. Se hizo un gran silencio en el despacho. Yo me doy la vuelta despacio y exclamo hacia el foro, en voz muy alta: «¡Tengo cita con un psiquiatra!» y me voy. Muerte de un ejecutivo.

Por otra parte es verdad, tengo cita con el psiquiatra, pero todavía me quedan más de tres horas por delante. Las paso en un restaurante de comida rápida, haciendo pedacitos el embalaje de cartón de la hamburguesa. Sin verdadero método, así que el resultado es decepcionante. Un puro y simple destrozo.

Cuando le cuento al especialista mis pequeñas fantasías, me da la baja durante una semana. Incluso me pregunta si no me apetecería pasar una breve estancia en una casa de reposo. Contesto que no, porque los locos me dan miedo.

Vuelvo a verlo una semana después. No tengo gran cosa que decir; sin embargo, pronuncio algunas frases. Leyendo al revés en su cuaderno de espiral, veo que anota: «Disminución ideatoria». Ah, ah. Así que, según él, me estoy convirtiendo en un imbécil. Es una hipótesis.

De cuando en cuando echa una ojeada a su reloj de pulsera (cuero rojizo, esfera rectangular y dorada); no tengo la impresión de interesarle mucho. Me pregunto si tiene un revólver en el cajón para los sujetos con crisis violentas. Al cabo de media hora pronuncia algunas frases de alcance general sobre los períodos de bloqueo, me prolonga la baja y me aumenta la dosis de medicamentos. También me revela que mi estado tiene nombre: es una depresión. Así que, oficialmente, estoy atravesando una depresión. Me parece una fórmula afortunada. No es que me sienta muy bajo; es más bien que el mundo a mi alrededor me parece alto.

Al día siguiente, por la mañana, vuelvo al despacho; mi jefe de sección desea verme para «analizar la situación». Como yo esperaba, ha vuelto de Val d'Isère muy moreno; pero distingo unas finas arruguillas en torno a sus ojos; es un poco menos guapo que en mi recuerdo. No sé, estoy decepcionado.

Le informo, de entrada, que estoy *atravesando una depresión*; él acusa el golpe, luego se domina. Y la entrevista ronronea agradablemente durante media hora, pero sé que desde ahora se alza entre nosotros una especie de muro invisible. Ya nunca me considerará como a un igual, ni como a un posible sucesor; la verdad es que a sus ojos ya ni siquiera existo; he caído. De todas formas sé que me despedirán en cuanto acaben mis dos meses legales de baja por enfermedad; es lo que hacen siempre en casos de depresión; ya he visto otros ejemplos.

En el marco de estas limitaciones se comporta bastante bien, me busca excusas. En cierto momento, dice:

–En este trabajo, a veces estamos sometidos a presiones terribles...

–Oh, no tanto –contesto.

Se sobresalta como si se despertara y pone fin a la conversación. Hace un último esfuerzo para acompañarme hasta la puerta, pero manteniendo una distancia de seguridad de dos metros, como si temiera que de pronto le vomitara encima.

–Bueno, descanse, tómese el tiempo que necesite –concluye.

Y salgo. Soy un hombre libre.

4

LA CONFESIÓN DE JEAN-PIERRE BUVET

Las semanas que siguieron me dejaron el recuerdo de un lento derrumbamiento, entrecortado por fases crueles. Aparte del psiquiatra, no veía a nadie; al caer la noche, salía a comprar cigarrillos y pan de molde. Un sábado por la noche, sin embargo, me llamó Jean-Pierre Buvet; parecía tenso.

–Bueno, ¿sigues siendo cura? –dije para romper el hielo.

–Tengo que verte.

–Sí, podríamos vernos...

–Ahora, si puedes.

Yo nunca había puesto los pies en su casa; sólo sabía que vivía en Vitry. Por lo demás, la vivienda de protección oficial estaba bien cuidada. Dos jóvenes árabes me siguieron con la mirada, y uno de ellos escupió al suelo cuando pasé. Por lo menos no me escupió a la cara.

El apartamento lo pagaban los fondos de la diócesis, o algo así. Desplomado delante del televisor, Buvet veía un programa de variedades con ojos sombríos. Aparentemente había vaciado bastantes cervezas mientras me esperaba.

–Bueno, ¿qué hay? –dije yo con sencillez.

–Ya te había dicho que Vitry no es una parroquia fácil; es peor aún de lo que te puedas imaginar. Desde que llegué he intentado formar grupos de jóvenes; nunca ha venido ni uno. Hace tres meses que no he celebrado un bautismo. En misa nunca he conseguido tener más de cinco personas: cuatro africanas y una vieja bretona; creo que tenía ochenta y dos años; había sido empleada de ferrocarriles. Hacía mucho que era viuda; sus hijos ya no iban a verla, y ella ya no tenía sus direcciones. Un domingo no la vi en misa. Pasé por su casa, vive en un pasillo verde, por allí. –Hizo un gesto vago con la botella de cerveza en la mano, y unas gotas salpicaron la moqueta–. Sus vecinos me contaron que alguien la había atacado; la habían llevado al hospital, pero sólo tenía unas fracturas leves. Fui a visitarla: las fracturas tardarían tiempo en soldar, claro, pero no corría ningún peligro. Una semana después, cuando volví, había muerto. Pedí explicaciones, y los médicos se negaron a dármelas. Ya la habían incinerado; nadie de la familia había aparecido. Estoy seguro de que ella habría querido un entierro religioso; no me lo había dicho, nunca hablaba de la muerte; pero estoy seguro de que eso es lo que habría querido.

Bebió un trago y continuó:

–Tres días más tarde vino a verme Patricia.

Hizo una pausa significativa. Le eché un vistazo a la pantalla, que tenía el sonido cortado; una cantante con un tanga de lamé negro parecía rodeada de pitones, hasta de anacondas. Luego miré otra vez a Buvet, intentando hacer una mueca de simpatía. Él continuó:

–Quería confesarse, pero no sabía cómo hacerlo, no conocía el procedimiento. Patricia era enfermera en el servicio a donde habían llevado a la vieja; había oído a los médicos hablar entre sí. No tenían ganas de que ocupara una cama durante los meses que necesitaba para recuperarse; decían que era una carga inútil. Entonces decidieron administrarle un cóctel lítico; es una mezcla de dosis altas de tranquilizantes que provoca una muerte rápida y dulce. Lo discutieron dos minutos, nada más; luego el jefe de servicio fue a decirle a Patricia que le pusiera la inyección. Ella lo hizo esa misma noche. Era la primera vez que practicaba la eutanasia; pero sus colegas lo hacen muy a menudo. La vieja murió enseguida, mientras dormía. Y desde entonces Patricia no podía dormir; soñaba con la vieja.

–¿Y tú qué hiciste?

–Fui al arzobispado; estaban al corriente. Por lo visto, en ese hospital practican muchas eutanasias. Nunca ha habido quejas; de todos modos, hasta ahora, todos los procesos han terminado con un veredicto de inocencia.

Se calló, acabó la cerveza de un trago, abrió otra botella; luego, con bastante valentía, siguió:

–Volví a ver a Patricia casi todas las noches durante un mes. No sé qué me pasó. Desde el seminario no había tenido tentaciones. Era tan dulce, tan ingenua... No sabía nada de religión, y sentía una gran curiosidad. No entendía por qué los sacerdotes no tienen derecho a hacer el amor; se preguntaba si tenían vida sexual, si se masturbaban. Yo contestaba a todas sus preguntas, no me molestaban. Esos días rezaba mucho, releía constantemente los Evangelios; no tenía la impresión de estar haciendo nada malo; sentía que Cristo me comprendía, que Él estaba conmigo.

Se quedó callado de nuevo. Ahora, en la tele, había un anuncio para el Renault Clío; el coche parecía muy cómodo.

–El lunes pasado, Patricia me anunció que había conocido a otro chico. En una discoteca, La Metrópolis. Me dijo que no volveríamos a vernos, pero que estaba contenta de haberme conocido; le gustaba cambiar de pareja; sólo tenía veinte años. En el fondo me tenía cariño, sin más; lo que la excitaba, lo que encontraba divertido, sobre todo, era la idea de acostarse con un cura; pero me prometía que no le diría nada a nadie.

Esta vez, el silencio duró sus buenos dos minutos. Me preguntaba lo que un psicólogo habría dicho en mi lugar; probablemente nada. Al final, se me ocurrió una idea descabellada:

–Deberías confesarte.

–Mañana tengo que decir misa. No voy a poder. Creo que no voy a poder. Ya no siento la presencia.

–¿Qué presencia?

Después de eso no dijimos mucho más. De vez en cuando yo soltaba frases del tipo «Vamos, vamos...»; él seguía vaciando cervezas con regularidad. Estaba claro que no podía hacer nada por él. Al final, llamé un taxi.

Cuando abrí la puerta, me dijo: «Hasta la vista...» No creo; estoy prácticamente convencido de que no volveremos a vernos.

En mi casa hace frío. Recuerdo que justo antes de salir rompí una ventana de un puñetazo. Sin embargo, y es extraño, no me he hecho nada en la mano, ni un solo corte.

De todas formas me acuesto, y duermo. Las pesadillas llegan más tarde. Al principio no parecen pesadillas; son más bien agradables.

Vuelo por encima de la catedral de Chartres. Tengo una visión mística sobre la catedral de Chartres. Parece contener y representar un secreto, un secreto esencial. Mientras tanto, en los jardines, junto a las entradas laterales, se forman grupos de religiosas. Acogen viejos e incluso agonizantes, explicándoles que voy a revelar un secreto.

No obstante, camino por los pasillos de un hospital. Un hombre me ha citado, pero no está. Tengo que esperar un momento en una cámara frigorífica, y luego entro en otro pasillo. El que podría sacarme del hospital sigue sin aparecer. Entonces asisto a una exposición. Lo ha organizado todo Patrick Leroy, del Ministerio de Agricultura. Ha recortado cabezas de personajes famosos en las revistas, las ha pegado sobre un cuadro cualquiera (que representa, por ejemplo, la flora de Trias) y vende muy caros sus pequeños figurines. Tengo la impresión de que quiere que le compre uno; parece satisfecho de sí mismo y tiene un aire casi amenazador.

Después vuelvo a sobrevolar la catedral de Chartres. Hace muchísimo frío. Estoy completamente solo. Las alas me sostienen bien.

Me acerco a las torres, pero ya no reconozco nada. Estas torres son inmensas, oscuras, maléficas, están hechas de un mármol negro que despide duros reflejos, incrustradas en el mármol hay figurillas de colores violentos que despliegan los horrores de la vida orgánica.

Caigo, caigo entre las torres. Mi cara, a punto de destrozarse, se cubre de líneas de sangre que señalan precisamente los lugares de fractura. Mi nariz es un agujero abierto que supura materia orgánica.

Y ahora estoy en la llanura de Champagne, desierta. Hay menudos copos de nieve que vuelan por aquí y por allá con las hojas de una revista ilustrada, impresa en caracteres grandes y agresivos. La revista parece datar de 1900.

¿Soy reportero o periodista? Cualquiera lo diría, porque el estilo de los artículos me resulta familiar. Están escritos en ese tono de queja cruel que les gusta a los anarquistas y a los surrealistas.

Octavie Léoncet, noventa y dos años, ha sido hallada asesinada en su granja. Una pequeña granja en los Vosges. Su hermana, Léontine Léoncet, ochenta y siete años, enseña con mucho gusto el cadáver a los periodistas. Las armas del crimen están ahí, bien visibles: una sierra de madera y un berbiquí. Todo manchado de sangre, por supuesto.

Y los crímenes se multiplican. Siempre ancianas aisladas en sus granjas. El asesino, joven e insaciable, deja siempre sus herramientas de trabajo a la vista: a veces un escoplo, a veces unas podaderas, otras veces simplemente un serrucho.

Y todo esto es mágico, aventurero, libertario.

Me despierto. Hace frío. Me vuelvo a dormir.

Ante esas herramientas manchadas de sangre siento cada vez, con todo detalle, los sufrimientos de la víctima. Al cabo de un rato tengo una erección. En la mesilla de noche tengo unas tijeras. La idea me obsesiona: cortarme el sexo. Imagino las tijeras en la mano, la breve resistencia de la carne, y de pronto el muñón sanguinolento, el probable desmayo.

El muñón en la moqueta. Bañado en sangre.

A eso de las once me vuelvo a despertar. Tengo dos pares de tijeras, uno en cada habitación. Los cojo y los coloco encima de unos libros. Es un esfuerzo de voluntad, seguramente insuficiente. El deseo persiste, crece y se transforma. Esta vez mi idea es coger unas tijeras, hundírmelas en los ojos y arrancármelos. Para ser exactos en el ojo izquierdo, en ese sitio que conozco bien, donde parece tan hueco en su órbita.

Y luego tomo calmantes, y todo se arregla. Todo se arregla.

5

VENUS Y MARTE

Después de una noche así, me parece buena idea reconsiderar la proposición del doctor Népote sobre la casa de reposo. Él me felicitó calurosamente. En su opinión, ése era el camino más directo hacia un completo restablecimiento. El hecho de que la iniciativa viniese de mí era altamente favorable; empezaba a tomar las riendas de mi propio proceso de curación. Estaba bien; estaba muy bien.

Así que aparecí en Rueil-Malmaison con su carta de presentación. Había un parque, y las comidas eran en común. A decir verdad, al principio me resultaba imposible ingerir cualquier alimento sólido; lo vomitaba enseguida, con dolorosas arcadas; tenía la impresión de ir a echar también los dientes. Hubo que recurrir al goteo.

El médico jefe, de origen colombiano, no me fue de mucha ayuda. Yo exponía, con la imperturbable seriedad de los neuróticos, perentorios argumentos contra mi supervivencia; el menor de entre ellos me parecía causa suficiente para un suicidio inmediato. Él parecía escuchar; al menos guardaba silencio; como máximo, a veces ahogaba un ligero bostezo. Tardé unas cuantas semanas en comprender lo que ocurría; yo hablaba en voz baja; él no conocía muy bien la lengua francesa; en realidad, no entendía una sola palabra de lo que le contaba.

Un poco mayor, de origen social más modesto, la psicóloga que trabajaba con él me proporcionó, por el contrario, una valiosísima ayuda. Cierto que estaba haciendo una tesis sobre la angustia, y que necesitaba material. Usaba una grabadora Radiola; me pedía permiso para ponerla en marcha. Por supuesto, yo aceptaba. Me gustaban sus manos estropeadas, con las uñas roídas, cuando apretaba la tecla *Record*. Y eso que yo siempre había odiado a las estudiantes de psicología: pequeñas zorras, eso es lo que pienso de ellas. Pero esa mujer de más edad, que uno se imaginaba con los brazos metidos en la colada y un turbante enrollado a la cabeza, casi me inspiraba confianza.

Sin embargo, al principio nuestras relaciones no fueron fáciles. Ella me reprochaba que hablase en términos demasiado generales, demasiado sociológicos. En su opinión, eso no era interesante: al contrario, tenía que implicarme, intentar «volver a concentrarme en mí mismo».

–Pero es que ya estoy un poco harto de mí mismo... –objetaba yo.

–Como psicóloga no puedo aceptar un discurso semejante, ni apoyarlo de ninguna manera. Al teorizar sobre la sociedad, usted establece una barrera y se protege tras ella; a mí me toca destruir esa barrera para que podamos trabajar sobre sus problemas personales.

Este diálogo de sordos continuó durante un poco más de dos meses. En el fondo, creo que yo le caía bien. Recuerdo una mañana, era ya a comienzos de la primavera; por la ventana veía a los pájaros saltar sobre el césped. Ella parecía fresca, relajada. Al principio tuvimos una breve conversación sobre mis dosis de medicamentos; y luego, de forma directa, espontánea, muy inesperada, ella me preguntó: «En el fondo, ¿por qué es tan desgraciado?» Esa franqueza no era nada corriente. Y yo también hice algo fuera de lo común; le tendí un pequeño texto que había escrito la noche anterior para distraer el insomnio.

–Preferiría escucharle... –dijo ella.

–Léalo de todos modos.

Definitivamente, estaba de buen humor; cogió la hoja que yo le tendía y leyó las siguientes frases:

«Algunos seres experimentan enseguida una aterradora imposibilidad de vivir por sus propios medios; en el fondo no soportan ver su vida cara a cara, y verla entera, sin zonas de sombra, sin segundos planos. Estoy de acuerdo en que su existencia es una excepción a las leyes de la naturaleza, no sólo porque esta fractura de inadaptación fundamental se produce aparte de cualquier finalidad genética, sino también a causa de la excesiva lucidez que presupone, lucidez que trasciende claramente los esquemas perceptivos de la existencia ordinaria. A veces basta con colocarles otro ser delante, a condición de suponerlo tan puro y transparente como ellos mismos, para que esta insoportable fractura se convierta en una aspiración luminosa, tensa y permanente hacia lo absolutamente inaccesible. Así pues, como un espejo que devuelve día tras día la misma imagen desesperante, dos espejos paralelos elaboran y construyen una red límpida y densa que arrastra al ojo humano a una trayectoria infinita, sin límites, infinita en su pureza geométrica, más allá del sufrimiento y del mundo.»

Alcé los ojos, la miré. Parecía un poco sorprendida. Al final, aventuró: «Lo del espejo es interesante...» Debía de haber leído algo en Freud, o en *Mickey Parade.* En fin, hacía lo que podía, era amable. Animándose, añadió:

–Pero preferiría que me hable directamente de sus problemas. Está siendo demasiado abstracto otra vez.

–Quizás. Pero no entiendo, hablando en concreto, cómo consigue vivir la gente. Tengo la impresión de que todo el mundo debería ser desgraciado; ya ve, vivimos en un mundo tan sencillo... Hay un sistema basado en la dominación, el dinero y el miedo, un sistema más bien masculino, que podemos llamar Marte; y hay un sistema femenino basado en la seducción y el sexo, que podemos llamar Venus. Y eso es todo. ¿De verdad es posible vivir y creer que no hay nada más? Maupassant pensaba, y con él los realistas del siglo XIX, que no había nada más; y eso lo llevó a la locura.

–Lo confunde usted todo. La locura de Maupassant no es más que una fase típica del desarrollo de la sífilis. Todo ser humano normal acepta los dos sistemas de los que usted habla.

–No. Si Maupassant se volvió loco, fue porque tenía una aguda conciencia de la materia, de la nada y de la muerte, y porque no tenía conciencia de nada más. En eso se parecía a nuestros contemporáneos: establecía una separación absoluta entre su existencia individual y el resto del mundo. Ésa es la única manera en que podemos pensar el mundo actualmente. Por ejemplo, una bala de una Magnum del 45 puede rozarme la cara e incrustarse en la pared que tengo detrás; yo saldré ileso. En caso contrario, la bala destrozará la carne, el dolor físico será considerable; tendré el rostro mutilado; tal vez el ojo también estalle, y en ese caso seré mutilado y tuerto; desde ese momento inspiraré repugnancia a los demás hombres. Hablando más en general, todos estamos sometidos al envejecimiento y a la muerte. Estas nociones de vejez y de muerte son insoportables para el individuo; se desarrollan soberanas e incondicionales en nuestra civilización, ocupan progresivamente el campo de la conciencia, no dejan que en ella subsista nada más. Así, poco a poco, se establece la certeza de que el mundo es limitado. El mismo deseo desaparece; sólo quedan la amargura, los celos y el miedo. Sobre todo, queda la amargura; una amargura inmensa, inconcebible. Ninguna civilización, ninguna época han sido capaces de desarrollar en los hombres tal cantidad de amargura. Desde este punto de vista, vivimos tiempos sin precedentes. Si hubiera que resumir el estado mental contemporáneo en una palabra yo elegiría, sin dudarlo, amargura.

Al principio, ella no contestó. Reflexionó unos segundos y luego me preguntó:

–¿Cuándo fue la última vez que tuvo relaciones sexuales?

–Hace algo más de dos años.

–¡Ah! –exclamó ella casi con triunfo– ¡Ya lo ve! En esas condiciones, ¿cómo quiere amar la vida?...

–¿Querría hacer el amor conmigo?

Ella se quedó confusa, creo que incluso enrojeció un poco. Tenía cuarenta años, estaba delgada y bastante estropeada; pero esa mañana me parecía realmente encantadora. Guardo un recuerdo muy dulce de ese momento. Un poco a su pesar, sonreía; creí que iba a decir que sí. Pero al final se dominó:

–Ése no es mi papel. Como psicóloga, mi papel es ayudarle a recuperar un estado en el que pueda poner en práctica estrategias de seducción que le permitan volver a tener relaciones normales con mujeres.

En las siguientes sesiones hizo que la sustituyera un colega.

Más o menos en la misma época, empecé a interesarme por mis compañeros de infortunio. Había pocos en estado de delirio; sobre todo depresivos y angustiados; supongo que lo habían organizado a propósito. La gente que sufre este tipo de estados renuncia muy deprisa a dárselas de lista. Lo más normal es que estén en la cama todo el día, con sus tranquilizantes; de vez en cuando dan una vuelta por el pasillo, se fuman cuatro o cinco cigarrillos seguidos y vuelven a la cama. Las comidas, no obstante, eran un momento colectivo; la enfermera de guardia decía: «Sírvanse.» Nadie pronunciaba otra palabra; cada cual masticaba su alimento. A veces una crisis de temblor se apoderaba de uno de los comensales, otro empezaba a gemir; entonces volvían a su habitación, y eso era todo. Poco a poco, empecé a tener la impresión de que toda aquella gente –hombres o mujeres– no estaban trastornados en absoluto; sencillamente, les faltaba amor. Sus gestos, actitudes y mímica traicionaban una sed desgarradora de contacto físico, de caricias; pero claro, eso no era posible. Entonces gemían, gritaban, se arañaban; durante mi estancia hubo una tentativa lograda de castración.

Al cabo de las semanas aumentaba mi convicción de que estaba allí para llevar a cabo un plan preestablecido; de modo semejante al Cristo que, en los Evangelios, cumple lo que habían anunciado los profetas. Al mismo tiempo se desarrollaba la intuición de que éste sólo era el primero de una serie de internamientos cada vez más largos en establecimientos psiquiátricos cada vez más cerrados y más duros. Esta perspectiva me entristecía profundamente.

Volvía a ver a la psicóloga de vez en cuando en los pasillos, pero no mantuvimos ninguna conversación de verdad; nuestra relación se había vuelto bastante formal. Su trabajo sobre la angustia avanzaba, me dijo; tenía exámenes en junio.

No hay duda de que ahora tengo una vaga existencia en una tesis de tercer ciclo, en medio de otros casos concretos. Esta impresión de haberme convertido en elemento de un informe me tranquiliza. Imagino el volumen, la encuadernación pegada, la portada un poco triste; suavemente, me aplano entre las páginas; me aplasto.

Salí de la clínica un 26 de mayo; me acuerdo del sol, del calor, del ambiente de libertad en las calles. Era insoportable.

También me engendraron un 26 de mayo, a la caída de la tarde. El coito tuvo lugar en el salón, sobre una falsa alfombra pakistaní. En el momento en que mi padre penetraba a mi madre por detrás, ella tuvo la desafortunada idea de estirar la mano para acariciarle los testículos, y él eyaculó. Ella sintió placer, pero no un verdadero orgasmo. Poco después, cenaron pollo frío. Ahora hace de esto treinta y dos años; en aquella época aún había pollos de verdad.

Sobre mi vida a la salida de la clínica no me habían dado indicaciones concretas; sólo tenía que volver a presentarme allí una vez por semana. Dejando eso aparte, desde aquel momento me tocaba hacerme cargo de mí mismo.

6

SAINT-CIRGUES-EN-MONTAGNE

> Por paradójico que parezca, hay un camino a recorrer y hay que recorrerlo, pero no hay viajero. Hay actos, pero no hay actor.
>
> *Sattipathana-Sutta,* XLII, 16

El 20 de junio del mismo año me levanté a las seis de la mañana y encendí la radio, más concretamente Radio Nostalgie. Había una canción de Marcel Amont que hablaba de un curtido mexicano: superficial, despreocupado, un poco tonto; exactamente lo que me faltaba. Me lavé escuchando la radio y luego recogí algunas cosas. Había decidido volver a Saint-Cirgues-en-Montagne; bueno, volver a intentarlo.

Antes de irme, me como todo lo que queda en casa. Es bastante difícil, porque no tengo hambre. Afortunadamente no hay mucho: cuatro tostadas y una lata de sardinas en aceite. No entiendo por qué lo hago, está claro que son productos de larga duración. Pero hace ya mucho tiempo que no veo claro el sentido de mis actos; digamos que ya no lo veo muy a menudo. El resto del tiempo adopto, más o menos, *el punto de vista del observador*.

Al entrar en el vagón me doy cuenta de que me estoy desinflando; no hago caso y me siento. En la estación de Langogne alquilo una bicicleta; he llamado de antemano para hacer la reserva, lo he organizado todo muy bien. Así que monto en la bicicleta y de inmediato me doy cuenta de lo absurdo que es el proyecto; hace diez años que no monto en bicicleta, Saint-Cirgues está a cuarenta kilómetros, la carretera que va hasta allí es muy montañosa y apenas me siento capaz de recorrer dos kilómetros en terreno llano. He perdido la aptitud para el esfuerzo físico, y también las ganas de hacerlo.

La carretera es un suplicio permanente, pero un poco abstracto, por decirlo así. La región está completamente desierta; uno se interna cada vez más en las montañas. Sufro mucho, he sobrevalorado mis fuerzas físicas. Pero ya no tengo muy claro el objetivo último de este viaje, se disgrega lentamente a medida que, sin ni siquiera mirar el paisaje, subo estas inútiles pendientes que sólo ocultan otras.

En mitad de una penosa subida, mientras jadeo como un canario asfixiado, veo un letrero: «Cuidado. Barrenos.» A pesar de todo, me cuesta un poco creerlo. ¿Quién la tomaría conmigo de ese modo?

Un poco más adelante encuentro la explicación. Se trata de una cantera; lo único que hay que destruir son rocas. Eso me gusta más.

El terreno es más llano; vuelvo a alzar la cabeza. Al lado derecho de la carretera hay una colina de escombros, algo a mitad de camino entre el polvo y los guijarros pequeños. La superficie inclinada es gris, absoluta y geométricamente lisa. Muy atrayente. Estoy convencido que si uno la pisa se hunde de inmediato varios metros.

De vez en cuando me detengo al borde de la carretera, me fumo un cigarrillo, lloro un poco y vuelvo a pedalear. Me gustaría estar muerto. Pero «hay un camino que recorrer, y hay que recorrerlo».

Llego a Saint-Cirgues en un patético estado de agotamiento, y me bajo en el Hotel Aroma del Bosque. Después de descansar un rato, voy al bar del hotel a tomarme una cerveza. La gente del pueblo parece acogedora, simpática; me dicen «buenos días».

Espero que nadie vaya a intentar emprender una conversación más larga, a preguntarme si estoy haciendo turismo, desde dónde vengo en bicicleta, si me gusta la región, etc. Pero, afortunadamente, esto no ocurre.

Mi margen de maniobra en la vida se ha vuelto particularmente restringido. Todavía entreveo varias posibilidades, pero que sólo se diferencian en pequeños detalles.

La comida no arregla las cosas. Sin embargo, entre tanto, me he tomado tres Tercian. Estoy solo en la mesa y pido el menú de degustación. Es absolutamente delicioso; hasta el vino es bueno. Lloro mientras como, dejando escapar pequeños gemidos.

Más tarde, en la habitación, intento dormir; en vano, una vez más. Triste rutina cerebral; el transcurso de la noche, que parece petrificado; las imágenes que desfilan con creciente parsimonia. Minutos enteros para ajustar la colcha.

Sin embargo, a eso de las cuatro de la mañana, la noche se vuelve distinta. Algo se agita en mi interior y quiere salir. El carácter mismo de este viaje empieza a modificarse: adquiere en mi cabeza un tinte decisivo, casi heroico.

El 21 de junio, a las siete de la mañana, me levanto, desayuno y voy en bicicleta al parque nacional de Mazas. Se ve que la comida del día anterior me ha dado nuevas fuerzas: avanzo con soltura, sin esfuerzo, entre los pinos.

Hace un día maravilloso, suave, primaveral. El bosque de Mazas es muy bonito, y se desprende de él una profunda serenidad. Es un verdadero bosque silvestre. Hay senderos escarpados, claros, un sol que se insinúa por todas partes. Las praderas están cubiertas de junquillos. Se está bien, se puede ser feliz; no hay hombres. Aquí parece que algo es posible. Parece que uno está en un punto de partida.

Y de pronto todo desaparece. Una gran bofetada mental me devuelve a lo más hondo de mí mismo. Me examino, ironizo; pero al mismo tiempo me respeto. ¡Qué capaz me siento hasta el final de impresionantes imágenes mentales! ¡Qué clara es todavía la imagen que me hago del mundo! La riqueza de lo que va a morir en mí es prodigiosa; no tengo que avergonzarme de mí mismo; lo habré intentado.

Me tumbo en una pradera, al sol. Y ahora siento

dolor, tendido en esta pradera, tan dulce, en mitad de un paisaje tan amable, tan sereno. Todo lo que podría haber sido fuente de participación, de placer, de inocente armonía sensorial, se ha convertido en fuente de dolor y sufrimiento. A la vez siento, con una violencia increíble, la posibilidad de la alegría. Desde hace años camino junto a un fantasma que se me parece y que vive en un paraíso teórico, en estrecha relación con el mundo. Durante mucho tiempo he creído que tenía que reunirme con él. Ya no.

Me interno un poco más en el bosque. Detrás de esta colina, según el mapa, están las fuentes del Ardèche. Ya no me interesa; aun así, sigo. Y ya ni siquiera sé dónde están las fuentes; ahora todo se parece. El paisaje es cada vez más dulce, más amable, más alegre; me duele la piel. Estoy en el ojo del huracán. Siento la piel como una frontera, y el mundo exterior como un aplastamiento. La sensación de separación es total; desde ahora estoy prisionero en mí mismo. No habrá fusión sublime; he fallado el blanco de la vida. Son las dos de la tarde.